DREAMBOOKS

장담 신무협 장편소설

강호제일해결사

江湖第一解決士

ORIENTAL FANTASY STORY & ADVENTURE

8

혈류(血流)

dream
books
드림북스

강호제일 해결사 8 혈류(血流)

초판 1쇄 인쇄 2015년 4월 24일
초판 1쇄 발행 2015년 5월 1일

지은이 장담
발행인 오영배
기획 박성인
책임편집 정성호

펴낸곳 (주)삼양출판사 · 드림북스
주소 서울시 강북구 도봉로 173
대표 전화 02-980-2112 **팩스** 02-983-0660
블로그 blog.naver.com/dreambookss
출판등록 1999년 3월 11일 제9-00046호

ISBN 979-11-313-0321-4 (04810) / 979-11-313-0015-2 (세트)

장담 신무협 장편소설

ORIENTAL FANTASY STORY & ADVENTURE

강호제일해결사

江湖第一解決士

8

혈류(血流)

dream
books
드림북스

차례

江湖第一狗皮士

第一章

차가운 들판에
혈화(血花)가 피고

　달빛에 비친 그는 동방환이었다.

　사운평은 그가 나타날 것을 알고 있었던 듯 태연히 걸음을 멈췄다.

　"잠깐 방심했다가 하마터면 당할 뻔했수."

　"교하를 죽이려한 계획이 실패했으니 지금쯤 숙부의 속이 부글부글 끓겠군."

　"아마 나를 죽이지 못해서 안달 났을 거요."

　"언제 다시 만날 수 있나?"

　"대공자도 밖으로 나갈 거요?"

　"그럴 생각이네."

　"그럼 뭐, 내가 찾아가죠."

　"직접 찾아온다면 나야 고맙지."

"조심하쇼. 악에 받친 저들이 무슨 짓을 할지 모르니까."

"걱정 말게. 쉽게 당하진 않을 거야. 그런데…… 어제 말한 왕씨 형제, 정말 그들이 살아 있을까?"

"제법 많은 사람이 살아서 나왔으니 그들 중 일부도 살아서 나왔을 거요. 설령 다 죽었다고 해도 귀혼문 사람들이 모두 무덤으로 들어가지는 않았을 것 아니오?"

"하긴 그 말도 일리가 있군. 그런데 그들을 믿을 수 있을까?"

"믿으쇼. 왕씨 형제도 살아서 나왔다면 지금쯤 똥줄이 타서 이것저것 따질 여유가 없을 테니까."

"그렇다면 다행인데……."

천화궁으로선 귀혼류와 손을 잡을 수 있다면 천군만마를 얻는 셈이다.

사운평은 그들을 연결해 주는 조건으로 청부금을 챙길 수 있으니 만족하고.

누이 좋고 매부 좋고, 임도 보고 뽕도 따고 아닌가?

"최대한 빨리 그들을 만나게 해주죠."

그때였다.

사운평이 고개를 홱 돌리더니 뒤를 바라보았다.

몇 줄기 강맹한 기운이 두 사람이 있는 곳으로 빠르게 다가오고 있었다.

결코 우호적인 기운은 아니었다.

『그만 가보쇼.』

사운평이 일단 동방환을 보내려고 전음으로 말했다.

동방환도 다가오는 기운을 느끼고 표정이 굳어졌다.

『혼자서 괜찮겠나?』

『도망치려고 마음먹으면 귀신도 잡기 힘든 사람이 나요.』

동방환도 그 말은 인정했다.

처음 만났을 때, 오죽하면 진짜 유령일지도 모른다는 생각을 했을까.

『알겠네. 그럼 조심하게.』

동방환은 더 망설이지 않고 숲속으로 들어갔다.

사운평은 느리지도, 빠르지도 않은 속도로 달렸다.

뒤에서 다가오는 기운이 점점 가까워졌다.

사운평의 눈빛이 코끝을 시리게 하는 한겨울 찬바람보다 더욱 싸늘하게 번뜩였다.

그때 오 장 뒤까지 다가온 복면인 중 하나가 냉랭히 소리쳤다.

"죽고 싶지 않으면 멈춰라!"

멍청한 놈. 그딴 말을 하면 멈출 줄 알았나? 멈추면 살려줄 것도 아니면서.

그런데도 사운평은 걸음을 멈췄다. 날이 추우니 한바탕 검무를 추워도 괜찮을 듯했다.

돌아서며 옆구리의 칼을 뽑은 그가 버럭 소리쳤다.

"어떤 겁대가리 없는 도적놈들이 이곳에서 도적질이냐!"

"……"

한밤중에 산이 쩌렁쩌렁 울렸다.

생각지도 못한 행동.

다섯 복면인 중 중앙의 키가 큰 복면인이 벙 찐 표정으로 아무런 대답을 못하자, 사운평의 목소리가 더욱 높아졌다.

"이 개자식들아! 사람을 불렀으면 말해! 너! 벙어리야?"

키 큰 복면인의 눈에서 분노의 불길이 활활 타올랐다.

"이…… 죽일 놈이……!"

이를 뿌드득 갈며 말을 더듬은 그는 검을 빼며 몸을 날렸다.

메아리가 수십 리를 뒤흔들었다.

천화궁에서도 들었을 터, 곧 누군가가 확인을 위해 나올 것이다.

'그 안에 저 시건방진 놈을 처리해야만 해!'

팔성 공력이 담긴 그의 검에서 우르릉, 우레 소리가 일며 뇌전 같은 검기가 폭사되었다.

어둠이 쩍쩍 터져 나가며 회오리가 휘몰아쳤다.

사운평은 밀려드는 검기의 회오리를 향해 칼을 휘둘렀다.

"와봐!"

쉬아악!

어둠을 가르며 뻗어나간 벼락이 검기의 회오리를 산산이 부수었다.

콰과광!

천둥처럼 울리는 굉음!

태행산의 어둠이 무너질 듯이 뒤흔들렸다.

복면인은 예상치 못했던 거센 충격에 눈을 치켜뜬 채 주르륵 물러섰다.

"이런 빌어먹을 일이…….""

"개소리 그만하고 한 번 더 받아 봐!"

사운평이 물러서는 복면인을 그림자처럼 따라붙으며 조롱하듯 소리쳤다.

동시에 달빛을 받은 칼날이 차갑게 번뜩이며 어둠을 조각조각 갈랐다.

그 순간, 복면인을 뒤따라온 또 다른 자들이 좌우에서 사운평을 공격했다.

다섯. 그들의 공격은 물샐 틈 없이 완벽했다.

전후좌우는 물론이고 상단까지 틀어막은 공격은 사운평의 몸을 오등분할 것처럼 위력적이었다.

문제는 상대가 살천류의 주인, 사운평이라는 것이었다.

어둠과 동화된 그는 평소와 달리 정면으로 대응했다.

작심하고 휘두른 그의 칼은 사나웠고, 강력했다. 천밀전 비밀무사들이라 해도 버틸 수 없을 정도로.

사혈을 노리는 데도 손이 떨리진 않았다.

떨리기는커녕 상대의 검에서 느껴지는 살기가 오히려 그의 마음을 안정시켰다.

쩌저정! 떠덩!

서너 번의 격돌음이 어둠을 터트렸다.

첫 번째 칼이 좌측의 복면인 허리를 가르고, 두 번째 칼이 정면의 복면인 다리를 베어냈다.

쉬아악!

세 번째 칼이 우측과 후면의 복면인을 어둠과 동시에 가른다 싶더니, 네 번째 칼이 상단을 둥글게 도려냈다.

찰나에 불과한 시간.

어둠 속에서 살과 뼈가 잘리고, 피가 튀었다.

"크읍!"

"헉!"

"아악!"

어둠의 지배자, 살천류의 주인, 사운평은 단숨에 셋을 베고 또 다른 먹이를 노렸다.

키 큰 복면인의 눈빛이 잘게 떨렸다.

"어떻게 이런…… 뭐, 뭔가가 잘못됐어!"

"잘못된 건 없어. 나를 잘 몰랐을 뿐이지."

사운평의 목소리가 어둠 속에서 울렸다.

남은 두 복면인은 보이지 않는 그를 찾기 위해서 모든 감각을 극한까지 끌어올렸다.

하지만 보다 완벽해진 비천무영류는 그들의 감각을 농락했다.

쉬쉬쉭!

또 다시 소름끼치는 소음이 어둠을 가르고, 억눌린 신음을 흘리며 복면인 하나가 쓰러졌다.

마지막 남은 키 큰 복면인은 더 버티지 못하고 전력을 다해서 뒤로 몸을 날렸다.

"흥! 수하들이 죽어가는 데 너 혼자만 살겠다는 거냐? 진짜 개자식이구나!"

사운평이 빽 소리치며 속을 긁었다.

복면인은 핏대가 솟구쳤지만 뒤도 돌아보지 않고 도주했다.

사운평은 추적을 포기하고 투덜거렸다.

"제기랄, 도망가는 건 무지 빠르군."

어떤 자들일까?

남개상이 보낸 자들일까?

현재로썬 가능성이 가장 컸다.

하지만 사운평은 또 다른 가능성도 생각했다.

'그들이 바보가 아닌 이상 이렇게 대놓고 나를 죽이겠다고 나서진 않을 텐데?'

만약 그들이 아니라면?

또 다른 자들이 있다는 뜻이다. 아니면 동료인데 서로의 일을 잘 모르든가.

"상황이 묘하게 흐르는군."

              *   *   *

코끝을 얼릴 듯 찬바람이 세차게 불던 겨울날 새벽.

우개양은 흔들리는 황촛불 아래에서 서신을 펼쳤다.

서신에는 일반 사람들이 이해할 수 없는 엉터리 문장이 나열되어 있었다.

모두 아홉 줄, 여든한 자.

그 문장 속의 내용을 제대로 이해하려면 정해진 약속에 따른 순서 대로 읽어야 했다.

그런데 서신을 펼친 그는 그 순서를 아는 듯 엉터리 문장을 심각하게 읽어 내려갔다.

서신에는 피 냄새가 물씬 풍기는 내용이 담겨 있었다.

'결국 말썽을 일으키고 마는군.'

글을 다 읽고 고개를 든 우개양은 이마를 찌푸린 채 한참 동안 허공을 응시했다.

'그렇다 해도 지금 그들을 제거하기에는 때가 좋지 않거늘…….'

낙양에는 공손무곡을 비롯한 천의산장의 주력이 있지 않은가.

더구나 그들의 능력이 자신이 들은 것의 반만 된다 해도 문제가 될 소지가 다분했다.

특히 사운평이라는 자는 예측이 불가능했다.

'위에서는 그를 너무 모르고 있어.'

그러나 명령이 떨어진 이상 자신이 할 수 있는 일은 하나뿐이었다.

"후우, 어쩔 수 없지. 최대한 조용히 지우는 수밖에."

한숨을 내쉰 그는 서탁에 손바닥만 한 종이를 펼치고 세필을 들었다.

곧 깨알처럼 작은 글자가 종이에 가득 찼다.

붓을 내려놓은 그는 먹이 마른 종이를 길게 접더니 창가로 다가갔다.

창가에는 새장이 하나 있고, 그 안에는 검고 하얀 비둘기 두 마리가 들어 있었다.

그는 새장을 열고 검은 비둘기를 꺼내서 다리에 서신을 묶었다.

그러고는 창문을 열고 비둘기를 날려 보냈다.

비둘기는 힘차게 날갯짓하며 천의산장 하늘로 날아올랐다.

'가라, 가서 어둠 속의 살귀를 깨워라.'

　　　　　*　　　　　*　　　　　*

천밀전에서 외따로 떨어져 있는 건물의 방 안. 어슴푸레한 어둠 속에 한 사람이 앉아 있었다.

또 다른 한 사람은 그자의 앞에 무릎을 꿇고서 고개를 숙인 자세였고.

앉아 있던 자, 백의 중년인은 이마를 찌푸린 채 찢겨진 흑포를 걸친 중년인을 내려다보았다.

흑포 중년인은 내상을 입은 듯 안색마저 창백했다.

"패왕위(覇王衛) 넷이 오초 만에 당했다?"

"예, 주군."

"천하에 그 아이들을 오초에 죽일 자가 몇이나 될 거라고 보느냐?"

흑포 중년인은 잠시 생각하더니 어깨를 늘어뜨리며 답했다.

"아마 스무 명 정도 되지 않을까 싶습니다."

"그래, 나 역시 그 정도 될 거라 생각하고 있다. 몇 명 더 있을지도 모르지만, 그건 그렇게 중요한 일이 아니지. 좌우간 네 말이 사실이라면 그자가 그 정도의 고수란 거군."

"어둠 속에서 움직이는 신법이 유령이나 다름없었습니다. 어쩌면 그 신법 때문에 더욱 피해가 컸는지도 모르겠습니다."

"유령 같은 신법이라……. 세상에는 절정 경지의 신법이 많지만,

네가 존재조차 파악하기 힘든 신법은 열을 넘지 않을 거다."

"저 역시 그리 생각했습니다. 한데 그자는 암천에 완전히 녹아든 듯해서 그림자조차 잡을 수가 없었습니다."

"패왕위 대주가 그림자조차 잡을 수 없었다고? 어이가 없군. 남개상이 알면 아주 좋아하겠어."

"그자의 건방진 말투가 워낙 화를 돋우어서 그런 것일 수도 있습니다만……."

가래 끓는 목소리로 보고를 올리던 흑포 중년인이 말을 멈추고 이마를 찡그렸다.

"왜 그러느냐?"

"그자의 신법…… 이제 생각해보니 왠지 모르게 익숙한 느낌이 듭니다."

"익숙하다? 그자가 천화궁의 무공을 익혔다면 그런 느낌이 들 수도 있겠지."

흑포 중년인은 뭐라고 말을 더 하려다 입을 닫았다. 아닌 것 같긴 한데 뭐라고 딱히 답할 말이 없었다.

게다가 그의 주인은 반박을 좋아하지 않았다.

결국 그는 의문을 가슴 속에 묻었다.

'언제 기회가 오면 그자를 철저하게 조사해봐야겠어.'

그때 백의 중년인이 말했다.

"백교하는 당분간 그대로 놔두어라. 놈이 백교하와 깊게 관련되어 있다면 지금 건드려서 좋을 게 없어."

"예, 주군."

"그리고 놈은 백교하를 만나기 위해서라도 반드시 다시 나타날 거다. 백교하에게서 눈을 떼지 마."

*　　　　*　　　　*

사운평은 사시 초쯤 학벽의 장원에 도착했다.

장원에 있던 사람들은 천화궁에 갔던 사운평이 돌아오자 그의 주위로 우르르 몰려들었다.

"어떻게 됐나?"

"찾았는가?"

"이야기는 잘 됐어요?"

거의 동시에 몇 사람의 질문이 한꺼번에 쏟아졌다.

"일단 밥부터 먹고 이야기합시다. 새벽부터 쉬지 않고 달려왔더니 배가 등에 붙었수."

사운평이 허기진 표정으로 말했지만, 그를 안쓰럽게 생각하는 사람은 거의 없었다.

"소아야, 강씨 아주머니에게 문주님 식사 좀 차리라고 해주렴."

그나마 이연연이 임시로 들인 시비에게 몇 마디 소리쳤을 뿐.

하지만 그녀마저도 엉덩이를 의자에서 떼지 않고 눈빛을 반짝이며 사운평을 바라보았다.

사운평은 차마 이연연의 그 눈빛을 외면할 수 없었다.

다른 사람들이야 뭐…….

"근데 영호 노선배 일행은 어디 갔습니까?"

어쩌면 제일 궁금해 할지 모를 그들이 보이지 않았다.

뿐만 아니라 막귀붕과 홍위도 없었다.

언송초가 수염을 쓰다듬으며 말했다.

"몇 사람 만나보겠다고 떠났네. 내일까지 돌아온다고 하더군. 그리고 막가와 홍가는 오후에나 돌아올 거네."

"아, 예……."

"그리고 무림맹의 떨거지들이 황하를 건너왔다고 하네. 아무래도 우리 뒤를 쫓아온 것 같아."

"그래요?"

사운평이 느긋이 대답하며 의자 깊숙이 등을 기댔다.

'이제 불을 지를 놈들만 나타나면 되는데…….'

천의산장이 움직였고, 천화궁도 본격적인 공격 준비에 들어갔다.

곧 신궁과 귀혼문도 움직일 것이고, 은명곡 역시 보고만 있지는 않을 것이다.

삼룡 삼비 중 다섯이 세상으로 나온 상황.

거기에 무림맹마저 자신들의 존재를 세상에 알리고 싶어 안달 아닌가 말이다.

장작은 산더미처럼 쌓였으니 불만 지르면 된다.

그럼 대박의 불길이 천하를 태우며 활활 타오르리라!

일생일대의 기회!

'한탕하고 연연이와 여행이나 가야지. 항주도 가보고, 소주도 가보고…….'

그때 밖에서 시비의 가녀린 목소리가 들렸다.

"아가씨, 문주님 식사 준비 되었어요."

사운평이 식사를 마치자, 사람들이 배고픈 제비새끼처럼 사운평의 입만 빤히 쳐다보았다.

사운평은 차를 마시고 느긋이 이까지 쑤신 후에야 천화궁에서 벌어진 일을 간단하게 이야기했다.

백교하를 만났다는 것, 천화궁의 주요 인물과 계약을 맺었다는 것 등등.

"……최대 금자 삼천 냥짜리 계약이죠. 아마 제대로 일을 마치면 더 큰 계약을 따낼 수 있을 겁니다."

엄청난 금액이었다.

그러나 거액의 계약에 익숙해진 사람들은 이제 그의 말을 듣고도 더 이상 놀라지 않았다.

'그 정도쯤이야.' 하는 표정.

내심 놀라는 표정을 기대했던 사운평은 맹맹한 반응에 맥이 빠졌다.

그래서 더 자세한 내용을 말하지 않고 이야기를 끝맺었다.

"그렇게 된 겁니다. 그런데 노선배님, 제가 말했던 백악산 연혼곡에 대해서 알아보셨습니까?"

"아, 그거? 험, 당연히 알아봤지."

"알아냈어요?"

"그게 말이야……."

말꼬리를 길게 끄는 걸 보니 기대하지 않는 게 좋을 듯했다.

아니나 다를까 언송초가 눈치를 보며 말을 이었다.

"사흘 동안 발바닥이 닳도록 돌아다니며 알아봤는데, 백악산에 대해서 아는 사람이 없더군."

사운평은 '여태 그것도 못 알아냈어요?'라고 소리치려다 꾹 참았다. 잘한 일이었다. 만약 소리쳤으면 당장 반격을 받았을 텐데…….

언송초가 한쪽 눈을 찡긋하며 말했다.

"그래서 방법을 바꿔봤지."

"방법을 바꿔봤다고요?"

"그래. 우리가 직접 찾으러 다닐 수가 없어서 다른 사람의 힘을 빌렸네."

빌린 게 아니다. 협박을 한 거지.

사실 사운평에게나 기를 못 필 뿐 천하의 누가 설편자를 무시하겠는가.

"누굽니까?"

"신향 오령문(烏靈門)의 소청이라는 늙은이네. 다른 건 몰라도 태행산 일대에서 벌어지는 일은 그 늙은이만큼 잘 아는 사람도 없지."

삼불자도 인정한다는 듯 고개를 끄덕거렸다.

오죽하면 소청의 별호가 태행백이(太行百耳)일까.

"허허허, 누구처럼 돈을 밝히는 것만 아니면 정말 괜찮은 친군데……."

언송초가 사족을 달며 슬쩍 사운평의 눈치를 살폈다.

하지만 사운평은 다른 생각에 골몰해서 그 말을 흘려들었다.

'오령문의 소청이라면, 사부가 죽이려 했다가 실패했다는 영감이잖아?'

아마 강호인들이 그의 성격을 제대로 알았다면 중원사괴가 아니라 중원오괴라고 불렀을 것이다.

사부가 실패한 이유도 바로 그 빌어먹을 성격을 몰랐기 때문이었다.

'설마 내가 암천살객의 제자라는 걸 알아보는 건 아니겠지?'

*   *   *

소림사가 주축을 이룬 무림맹 추적대 일 조는 백선대사가, 화산파와 무당파 등 도문이 주축인 이 조는 청원도장이 이끌었다.

그중 일 조는 신향의 풍호장에 머물며 사운평 일행의 행방이 밝혀지기를 기다렸다.

그런데 황하를 건넌지 닷새 째 되던 날 아침, 개방으로부터 기다리던 소식이 전해졌다.

원오는 개방의 신향분타주인 홍면개의 보고를 받자마자 추적대를 이끌고 있는 백선대사를 찾아갔다.

"아미타불. 개방제자들이 학벽 인근에서 그들을 발견했다고 합니다, 사숙."

"본 맹의 제자들은 지금 몇 명이나 되느냐?"

"신향에 있는 제자만 스물셋입니다."

"일단 우리 먼저 학벽으로 갈 것인즉 무청에게 연락을 취해서 뒤따라오라고 해라."

"예, 사숙."

반 시진 후.

풍호장을 나선 무림맹 추적대는 곧장 학벽을 향해 달렸다.

찬바람이 제법 세차게 불면서 옷 속까지 파고들었다. 하지만 그 정도 추위로는 의협지심으로 가슴이 뜨거워진 그들의 걸음을 막지 못했다.

자신만만한 표정.

상대가 염왕수 막귀붕과 홍위라 해도 그들은 자신 있었다.

신주구세를 누르고 과거의 영광을 되찾기 위해서 오랫동안 활동을 자제하며 무공을 갈고 닦지 않았는가.

그 세월이 무려 십 년이 넘었다.

이제 무림맹이 다시 일어섰음을 강호에 알리리라!

그렇게 오시 초, 학벽을 오십 리쯤 남겨놓고 완만한 경사의 고갯길을 넘어갔을 때였다. 선두에서 일행을 이끌던 홍면개가 걸음을 늦추었다.

"응? 저놈들은 누구지?"

바짝 뒤를 따라가던 원오가 의아해하며 물었다.

"무슨 일이오?"

"저 앞에서 이동하는 자들을 보쇼."

홍면개가 손을 들어서 앞을 가리켰다.

원오는 홍면개의 손끝이 향한 곳을 바라보며 이마를 찌푸렸다.

"어느 문파의 무사들이오?"

"그건 잘 모르겠는데, 예사로운 자들이 아닌 것 같소."

원오도 그 점을 느꼈기에 이마를 찌푸린 것이었다.

짙은 청색 장포를 걸친 무사 십칠팔 명이 들판을 가로지르고 있었다.

그들은 풀잎을 스치며 날듯이 달렸다.

일반 평무사들이 흉내 낼 수 없는 고절한 신법.

더 이상한 것은 몇 명이 검은 면사로 눈 밑을 가리고 있다는 점이었다.

"저도 황하 이북에 저런 자들이 있다는 말은 들어보지 못했습니다."

일 조원 중 하나인 팽가의 청년고수 팽도안이 눈살을 찌푸리며 말했다.

그때쯤에는 무림맹 제자들도 걸음을 멈추다시피 한 상태였다.

백선대사도 원오의 옆에 멈춰 서서 전면을 바라보더니 침중한 표정으로 불호를 외며 말했다.

"아미타불. 황하 일대에서 수상한 무리가 출몰했다더니, 그들이 아닌지 모르겠군."

원오는 문득 얼마 전에 벌어졌던 왕옥산의 사건을 떠올리고 표정이 굳어졌다.

"제자가 알아보겠습니다."

"정말 그들이라면 위험하니 함께 가도록 하자."

청의 무사들은 언덕 위에 나타난 무림맹 무사들을 뒤늦게 발견했다.

그들은 언덕에서 내려오는 자들 중에 승포를 걸친 승려가 반쯤 섞여 있는 걸 보고 멈칫했다.

"황하를 건너왔다는 무림맹 놈들인가 보군."

키가 크고 머리카락이 반백인 자가 눈살을 찌푸리며 말했다.

그가 청의인들의 지휘자인 듯, 옆에 서있던 면사인이 그의 뜻을 물었다.

"대주, 어떻게 하시겠습니까?"

반백의 면사인은 칼날처럼 뻗은 눈썹을 꿈틀거리며 생각을 정리했다.

누군가가 백악산 연혼곡에 대해서 수소문한다는 말을 듣고 역추적을 하던 중이었다.

그 말의 진원지로 밝혀진 곳은 학벽 쪽.

그 보고를 받고 학벽으로 달려가는데, 생각지도 못했던 무림맹 무리를 먼저 만난 것이다.

"무림맹 놈들은 어쭙잖은 의협심에 목을 매곤 하지. 저들이 만약 왕옥산 사건을 조사하러 나온 놈들이라면 끈질기게 쫓아올 것이다. 귀찮은 꼬리는 미리 자르는 게 나아."

그의 입에서 찬바람조차 으스스 떨릴 정도로 차가운 목소리가 흘러나왔다.

그로선 그리 생각할 만했다. 그일 외에는 무림맹이 황하를 건너올 이유를 찾을 수 없었다.

그의 말이 끝남과 동시에 청의인들이 대열을 넓게 벌였다.

그때 십여 장 앞까지 다가온 원오가 소리쳐 물었다.

"시주들은 어디에서 오신 분들이오!"

"우리가 어디서 왔든, 왜 묻는 거요?"

"사문을 알려주셨으면 하오만."

"알려줄 수 없다면?"

반백머리 면사인의 싸늘한 반응에 백선대사가 노호성을 터트렸다.

"아미타불! 부끄러울 게 없다면 어찌 밝힐 수 없단 말이냐?"

"누구든 나름대로의 이유가 있는 법. 남을 윽박지르는 걸 보니 당신도 땡초에 불과하군."

"뭐라? 아무래도 수상한 자들이로다! 어서 정체를 밝히지 못할까!"

하지만 반백머리 면사인은 백선대사의 다그침에도 눈썹 한 올 흔들리지 않았다.

흔들리기는커녕 소림을 깔아뭉개는 발언을 서슴지 않았다.

"훗, 소림이 아직도 태산북두인 줄 아는가 보군. 땡초, 그대는 우리에게 명을 내릴 자격이 없다."

"감히 소림을 모욕하겠다는 거냐!"

"소림이 뭐 대단해서?"

"이노오오옴! 혹시 네놈들이 왕옥산에서 강호 동도들을 매몰시킨 마도 놈들이 아니더냐?"

반백머리 면사인의 눈매가 길게 늘어졌다.

눈매마저 가늘어지자, 그러잖아도 칼날처럼 뻗은 눈썹 때문에 싸늘하던 표정이 얼음장처럼 차갑게 느껴졌다.

"알고 왔든 모르고 왔든, 이제 너희들이 갈 길은 저승뿐이다."

그의 말과 함께 면사인들이 좌우로 쫙 퍼지며 무기를 뽑았다.

"저놈들을 잡아라!"

백선대사도 손을 뻗으며 명령을 내렸다.

기다렸다는 듯 무림맹 무사들이 면사인들을 향해 달려들었다.

와아아아!

"마도 놈들이 분명하다! 쳐라!"

"아미타불! 소림을 모욕한 죄, 용서치 않으리라!"

표정이 굳어진 원오는 이를 악물었다.

너무 갑작스럽게 벌어진 싸움. 불길함에 온몸이 싸하게 식었다.

'저놈들이 진짜 왕옥산 사건의 범인과 한패면 위험해.'

하지만 상황은 그가 손을 쓸 새도 없이 빠르게 진행되었다.

"조심해서 상대해!"

"크억!"

거의 동시에 터져 나온 경고성과 비명.

그때부터 시뻘건 핏줄기가 여기저기서 뿜어지고, 누렇게 마른 갈대와 대지에서 혈화가 피어나기 시작했다.

*　　　　*　　　　*

사운평은 이연연의 무공을 봐주면서 시간을 보냈다.

청량한 하늘 아래, 뒷마당을 누비는 그녀의 완벽한 몸짓은 한 마리 노랑나비가 허공을 나는 듯했다.

겨울 햇살을 받으며 춤을 추듯 펼쳐지는 검무를 보고 있으면 그녀 외에 아무 것도 보이지 않았다.

'진짜 예쁘다니까.'

넋이 빠진 사람은 사운평만이 아니었다.

호우 역시 쪼그리고 앉아서 무릎에 턱을 괸 채 침이 흘러나오는 것도 잊고 이연연의 검무를 구경했다.

그렇게 검무가 이각쯤 이어지자, 이연연의 이마에 송골송골 땀이 맺혔다.

"연연아, 땀 닦고 쉬었다 하자."

사운평은 미리 준비했던 수건을 들고 이연연에게 다가갔다.

그러나 호우가 그보다 한발 빨랐다.

휙, 날아간 그가 불쑥 수건을 내밀었다.

"연연아, 여기 수건."

이연연은 사운평을 슬쩍 바라보고는, 환하게 웃으며 호우의 수건을 받아들었다.

"고마워요, 호우아저씨."

"헤헤헤, 연연이가 춤추니까 정말 예쁘다."

호우의 눈에는 검무도 한낱 춤에 불과했다.

"정말요?"

"그러어엄. 아마 세상에서 연연이가 제일 예쁠 거야."

"에이, 세상에 아름다운 여자가 얼마나 많은 데요. 천화궁의 백 소저도 저보다 예쁘다고 하잖아요."

이연연이 땀을 닦으며 넌지시 백교하를 들먹였다.

그럴 만한 이유가 있었다.

그러니까, 어제 사운평과 단 둘이 있을 때였다.

"오빠, 백교하 소저는 어떤 분이었어요? 예뻐요?"

이연연이 지나가는 투로 가볍게 물어보았다.

사운평은 별 생각 없이 무심코 백교하에 대해 이야기했다.

"어, 예뻤어. 얼굴만 따지면 내가 본 어떤 여자보다 예쁜 것 같아."

그리고 말끝에 한마디 덧붙였다.

"근데 얼굴만 예쁘면 뭐해?"

문제는, 그 말을 하면서 잠깐 허공을 몽롱하게 바라보았다는 것이다.

이연연도 '여자'라는 걸 잠시 잊은 게 실수였다.

여자들은 남자들이 흔히 하는 '얼굴보다 마음이 예뻐야지.'라고 하는 말을 믿지 않는다.

많은 남자들이 입만 열면 그렇게 말하지만, 눈부시게 아름다운 여자를 앞에 두면 눈이 돌아가는 게 일반적이다.

마음이 좋아야 한다고?

그건 나중에 판단할 일이고.

물론 그렇지 않은 남자도 없는 건 아니다.

그러나 단언컨대, 자신의 남자가 다른 여자를 아름답다고 말하는 걸 좋아하는 여자는…… 없 · 다.

특히 사랑으로 눈에 콩깍지가 씌워진 여자일수록 자신의 남자가 그러는 걸 더 싫어한다.

이연연이 아무리 마음이 넓다 해도, 사운평이 다른 여자를 예쁘다고 말하며 허공을 멍하니 쳐다보는데 어찌 기분이 좋을 수 있을까.

그나마 이연연이어서 살짝 토라진 것으로 그쳤지.

"오빠 먼저 들어가 계셔요. 저는 조금 더 수련을 하고 들어가야겠어요."

사운평도 자신이 어제 저지른 실수를 모르지 않았다.

이연연이 '피곤해요. 저 잘 테니까, 오빠도 건너가서 쉬세요.' 하면서 축객령을 내린 후에야 '아차!' 하며 후회했지만, 이미 이연연은 돌아선 후였다.

"그래도 내가 옆에서 봐주는 게 낫지 않겠어?"

"이제 초식은 익숙해지는 것만 남았다면서요?"

"그렇긴 한데……."

"오빠는 땀과 먼지로 범벅된 저보다는 백교하 소저를 도와줄 수 있는 방법이나 생각해 보세요."

이연연이 슬쩍 놀리듯 말했다. 한두 번 하다 보니 은근히 재미가 붙었다.

"연연아, 그게 말이야…… 사실 내가 어제 멍하니 생각에 잠겼던 것은……."

문득 힘을 덜 들이고 그녀를 보호할 수 있는 방법이 떠올랐기 때문이었다.

동방환이 그녀를 좋아하는 듯했으니까.

하지만 사운평은 변명을 마무리 지을 수 없었다.

"대형!"

조연홍이 뛰듯이 뒷마당으로 들어오며 소리쳤다.

"왜 그리 방정이야?"

"무림맹 무사들이 정체를 알 수 없는 자들과 한판 붙었다고 합니다."

"뭐? 어디서? 어떤 놈들이야?"

"남쪽으로 사오십 리쯤 떨어진 들판에서요. 건너편 객잔에 들른 표사들이 봤다는데, 그들도 상대가 누군지는 모르겠다고 했습니다."

"표사들도 모르는 자들이라고?"

"예, 대형. 그런데 그들 중 몇 명은 면사로 얼굴을 가렸다고 합니다."

이연연도 사운평을 더 놀리지 못하고 심각한 표정을 지었다.

"누가 무림맹과 싸우는 거죠? 제가 알기로는, 그렇게 간담이 큰 자들이 이 근처에는 없는데."

사운평의 눈빛이 먹이를 본 여우처럼 번뜩였다.

아무리 약해졌다 해도 무림맹이다. 신주구세라 해도 대놓고 그들에게 정면으로 대들지 않는다.

거기다 얼굴까지 가렸다고?

"어쩌면 일이 엉뚱한 곳에서 풀릴지도 모르겠군. 연홍, 사람들더러 마당으로 모이라고 해."

*　　　　　*　　　　　*

차가운 들판에 혈화가 만발하다.

비릿한 혈향.

사방에서 흘러나오는 공포에 질린 신음.

원오는 참담한 마음에 불호만 연신 외워댔다.

"아미타불, 관세음보살, 어찌 이런 일이……."

면사를 쓴 자들은 예상했던 것보다 훨씬 더 강했다.

일말의 망설임도 없는 냉혹한 손속. 패도적인 공세.

뭔가가 잘못되었음을 깨달았을 때는 스물세 명 중 반 이상이 죽거나 부상을 입었다.

자신도 예외가 아니었다. 온몸이 피로 물들고 가슴을 숨을 쉬기 힘들 정도로 답답했다.

심지어 사숙인 백선대사 역시 반백머리 면사인을 상대하며 연신 밀리고 있지 않은가.

더 견딜 수 없는 상황.

늦기 전에 결정을 내려야 한다.

죽기를 각오하고 끝까지 싸울 것인지, 아니면 후퇴해서 훗날을 도모해야할 것인지.

비참하지만 택할 수 있는 길은 그 둘뿐.

"대정! 내가 길을 뚫을 테니 소시주들과 사질들을 데리고 이곳을 빠져나가라!"

"사숙! 저희가 막을 테니 사숙께서 사조님을 모시고 빠져나가십시오!"

"잔소리 말고 어서 내 말대로 해! 모두 후퇴하게!"

대정을 다그친 원오가 살아남은 자들을 향해 소리쳤다.

어차피 피할 수 없는 길이라면 무림맹의 미래를 이끌 젊은이들만이라도 구해야 한다.

팽가의 팽도안과 남궁세가의 남궁진 등 청년 무사 네다섯이 다급히 뒤로 물러섰다.

해쓱하게 질린 그들의 얼굴에는 한 시진 전까지 떠올라 있던 자신만만함이 더 이상 존재하지 않았다.

그러나 면사인들은 끝장을 보겠다는 듯 공세의 고삐를 늦추지 않았다.

"한 놈도 살려두지 마라!"

"이노오옴!"

원오가 적을 향해 금강나한장을 펼쳤다.

소림사 칠십이절기 중 하나인 금강나한장은 막강한 공력을 필요로 했다.

내상을 입은 지금 상태에서 몇 초나 펼칠 수 있을까?

그러나 지금 펼치지 않으면 영원히 펼칠 수 없을지도 모른다.

자신의 죽음으로 사질들이, 무림맹의 청년무사들이 살 수 있다면 그것으로 만족할 뿐.

면사인들도 원오가 펼친 장력을 무시하지 못하고 주춤거렸다.

그 사이 뒤로 빠진 무림맹 무사들은 전장을 벗어났다.

대정도 속으로 피눈물을 흘리며 두 사제를 데리고 물러섰다.

'아미타불! 어떤 자들인지는 모르나, 내 지옥에 가는 한 있어도 절대 용서치 않으리라!'

그날, 대정의 가슴에서 살불이 눈을 떴다.

第二章

한밤의 습격(襲擊)

　사운평은 이연연과 호우만 남겨놓은 채 나머지 모두를 데리고 싸움터로 달려갔다.

　"아주 제대로 당했군."

　사운평은 풀밭에 만발한 혈화를 바라보며 인상을 찌푸렸다.

　허리어름까지 자라 있던 마른풀이 뭉개진 자리에 시신이 널려 있었다.

　누렇게 마른 풀은 시뻘겋게 물들어서 검게 변색되어 가는 중이었다.

　시신은 열아홉 구. 그중 무림맹 무사로 보이는 시신은 열여섯 구였다.

　개중에는 사운평이 전에 보았던 원오도 있었다.

　싸움이 얼마나 치열했는지 그의 몸은 성한 곳을 찾기 힘들 정도였다.

"백선대사도 죽었군."

언송초가 무거운 표정으로 말했다.

대지가 움푹움푹 파인 곳에 노승이 널브러져 있었다.

"쯔쯔쯔, 중이 사찰에서 염불이나 욀 것이지, 뭐 하러 여기까지 와서 싸우다가 죽나 그래."

삼불자도 안타까워하는 표정으로 혀를 차며 고개를 저었다.

그의 삼불 중 하나가 '중이나 도사와는 대화하지 않는다.' 이다.

하지만 죽은 사람에게까지 거리를 두지는 않았다.

"노선배님, 백선대사가 맞습니까?"

"그렇다네. 사오 년 전에 한 번 본 적 있지."

소림사의 장로 백선대사.

그의 죽음은 결코 가벼운 일이 아니다.

사운평은 그 사실의 중요성을 누구보다 잘 알았다.

'제 때에 불을 지펴주는군.'

그때 주위를 둘러보고 돌아온 조연홍이 동쪽의 숲을 가리켰다.

"저쪽으로 도주한 것 같습니다, 대형."

사운평은 숲을 바라보며 냉소를 지었다.

"네가 앞장서."

조연홍은 앞으로 나서고 싶지 않았다.

상대가 정말 은천령 놈들이라면 앞장섰다가 무슨 꼴을 당할지 몰랐다.

'쳇, 추적은 자신이 더 잘하면서…….'

추적술은 살수가 도둑보다 더 뛰어나다. 더구나 사운평은 암천살객의 제자가 아닌가?

하지만 사운평의 차가운 표정을 보니 거부할 용기가 나지 않았다.

"그러죠 뭐."

*　　　*　　　*

숲을 빠져나간 대정은 망연한 눈으로 절벽을 바라보았다.

'하늘도 무심하구나.'

겨우겨우 도망쳤거늘 끝내 절벽에 막히고 말았다.

"이제 어떻게 하면 좋겠소, 대정?"

남궁진이 절망의 표정으로 물었다.

대정은 입이 달라붙은 듯 아무 말도 하지 못했다.

"놈들이 오기 전에 다른 곳으로 갑시다."

팽도안이 말하며 피로 물든 다리를 끌고 좌측으로 돌아섰다.

하지만 그가 걸음을 옮기기도 전에 반백머리 면사인이 숲에서 나오며 조소를 지었다.

"후후후, 어디 더 가보지 그러나?"

뒤따라 나온 청의인 십여 명은 특별한 명이 없는 데도 대정 등을 반원 형태로 에워쌌다.

'아미타불. 결국 여기까지가 한계인가?'

온몸이 피로 얼룩진 대정은 후들거리는 두 발에 힘을 주고 돌아섰다.

이제 남은 사람은 자신과 팽도안, 남궁진뿐. 그나마도 부상으로

인해 서 있는 것조차 힘들 지경이다.

반면 상대는 아직도 열두 명이나 남았다.

기적이 일어나지 않는 한 자신들의 죽음은 기정사실이었다.

더 도주하는 것조차 무의미할 정도의 절망적인 상황.

"나찰 같은 놈들! 무림맹에서는 오늘의 일을 절대로 잊지 않을 것이니라!"

"후후후, 정말 질긴 놈이군. 소림의 땡초들이 모두 너와 같다면 골치 아프겠어."

"소림을 모욕하지 말고 어서 덤벼라!"

반백머리의 면사인도 더 시간을 끌고 싶지 않았다.

그에게는 아직 할 일이 남아 있었다. 무림맹과의 싸움은 별개의 일.

"끝내도록 해라. 쓸데없는 일로 시간을 너무 허비했어."

청의인 중 셋이 앞으로 나섰다.

검을 사선으로 늘어뜨린 그들은 대정과 팽도안, 남궁진을 향해 걸음을 옮겼다.

대정 등은 도망가는 것조차 힘들 정도여서 굳이 여러 명이 나설 것도 없었다.

"흐흐흐, 어떻게 죽여줄까?"

청의인 하나가 대정에게 다가가며 음침한 웃음을 흘렸다.

다른 두 청의인도 거미줄에 걸린 먹이를 앞에 둔 거미처럼 느긋한 표정으로 팽도안과 남궁진에게 다가갔다.

부상이 심해서 주저앉기 직전이던 팽도안과 남궁진은 주춤주춤 뒤로 물러섰다.

"여기까지 도주한 걸 가상하게 여겨서 단숨에 목을 쳐주지."

대정의 일 장 앞에 선 청의인이 히죽 웃으며 검을 들었다.

그때였다.

"잠깐!"

외마디 외침이 울리고, 사운평이 공터로 날아들었다.

허공에서 멋지게 몸을 튼 그는 대정과 청의인으로부터 이 장 정도 떨어진 곳에 내려섰다.

대정을 향해 검을 뻗으려던 청의인이 사운평을 향해 고개를 돌리며 소리쳤다.

"웬 놈이냐!"

사운평은 청의인이 아닌 대정을 쳐다보았다.

"안녕하쇼."

대정은 사운평을 알아보고 눈을 크게 떴다.

안녕은커녕 제정신을 차리지도 못할 상황이다. 하지만 사운평의 인사에 토를 달 마음의 여유도 없었다.

"시주는……?"

"싸움이 났다기에 달려왔죠."

"어서 이곳을 떠나시오! 저놈들은 악귀 같은 자들이오!"

"악귀라……."

사운평은 피식 실소를 지으며 청의인들을 쓱 훑어보았다.

"악귀는 무슨…… 내가 보기에는 별 볼일 없는 놈들 같은데요?"

"죽고 싶은 놈이 또 하나 늘었군. 그놈부터 처리해!"

반백머리 면사인이 짜증내듯 청의인에게 명을 내렸다.

대정을 죽이려던 청의인이 사운평을 향해 몸을 날리며 검을 뻗었다.

허공에 검기로 이루어진 검화가 피어나며 사운평을 향해 밀려갔다.

사운평은 물러서지 않고 오히려 한 걸음 앞으로 나섰다.

순간 사운평의 몸이 흐릿해졌다.

청의인은 사운평이 아지랑이처럼 흔들리며 희미해지자 눈이 한껏 커졌다.

바로 그때, 그의 눈앞에 커다란 손이 나타났다. 손바닥 크기만 해도 한 자는 될 듯했다.

"헛!"

대경한 청의인이 급히 검을 틀려는 순간, 커다란 손이 가슴을 정통으로 두들겼다.

쾅!

청의인은 날아들 때보다 더 빠르게 뒤로 튕겨 나갔다.

손짓 한 번으로 청의인을 날려버린 사운평은 거기에서 멈추지 않고 다른 두 청의인을 공격했다.

뒤늦게 정신을 차린 두 청의인은 다급히 사운평의 공격을 막았다.

하지만 선공의 기세마저 살린 사운평의 공격은 그들이 막기에는 터무니없이 강했다.

쾌광!

연속된 폭음과 함께 두 청의인도 뒤로 날아갔다.

단숨에 대정 등 세 사람의 안위를 확보한 사운평이 씩 웃으며 시선을 숲 쪽으로 돌렸다.

"이제 그만 나오쇼!"

숲속에서 기다리던 천해문 사람들이 일제히 모습을 드러냈다.

획, 고개를 돌린 반백머리 면사인이 그들을 보고 눈을 치켜떴다.

"뉘신데 우리의 행사를 방해하는 거요?"

"그건 알 것 없다. 살고 싶으면 순순히 무기를 버리고 투항해라."

언송초가 크게 인심 쓴다는 투로 말했다.

반백머리 면사인은 자신의 뜻을 확실하게 밝혔다.

"놈들을 쳐라!"

악을 쓰듯 소리친 그의 명령에 청의인들이 천해문 사람들을 공격했다.

"쯔쯔쯔, 권주를 마다하고 벌주를 마시겠다면 어쩔 수 없지."

혀를 찬 언송초가 마치 자신이 대장인 것처럼 소리쳤다.

"날도 추우니 어서 쓰레기들을 치우고 돌아가세!"

천해문 사람들은 무림맹 무사들보다 개개인이 훨씬 강했고, 손속도 독했다.

특히 은천령과의 악연이 얽혀 있는 막귀붕 등은 손을 씀에 있어서 일말의 인정도 남겨두지 않았다.

"염왕수 막귀붕! 너였구나!"

반백머리 면사인이 막귀붕의 염왕수를 알아보고 놀라서 소리쳤다.

막귀붕도 곧 그의 정체를 눈치 챘다.

"오라, 누군가 했더니 대동의 검귀, 만가였구나!"

대동검마 만동곽.

대동 일대에서 활동하는 그는 검세가 독수리처럼 사납기로 유명했다.

게다가 공력도 절정 수준이어서 대문파의 주인들조차 그와 싸우는 걸 꺼려했다.

하지만 막귀붕은 그의 사나운 검세를 조금도 두려워하지 않고 더욱 거세게 몰아붙였다.

철천지원수라도 만난 듯 몰아붙이는 막귀붕의 공세가 어찌나 강력한지 단 몇 초식 만에 만동곽이 얼굴이 일그러졌다.

그렇게 막귀붕이 만동곽을 몰아붙이는 동안 천해문 사람들은 청의인들을 하나둘 쓰러뜨렸다.

몇 번의 고난을 겪은 그들은 전보다 더욱 강해져 있었다.

특히 북야진과 예리상은 누가 빠른지 내기를 하는 듯했다.

번쩍!

눈앞에서 한줄기 빛이 번쩍이면 피가 튀었다.

두 사람의 검이 얼마나 빠른지 청의인들은 본능적으로 위험을 느끼고 피했는데도 온전히 피할 수 없었다.

일격일혈(一擊一血)! 혈견휴(血見休)!

피를 봐야 멈추는 가공할 쾌검에 놀란 청의인 서넛이 두 사람과 거리를 벌였다.

하지만 그들이 피한 곳에는 북야설과 위지강, 홍위가 있었다.

그들 역시 은천령이라면 이를 가는 사람들.

차가운 눈빛을 번뜩이며 살초를 아끼지 않았다.

한편, 대정의 앞에 서 있던 사운평은 흐뭇한 미소를 지었다.

"곧 끝나겠군."

그제야 정신을 차린 대정이 몸을 부르르 떨었다.

사람이 죽는 모습을 보며 미소를 짓는 사운평이 섬뜩하게 느껴졌다.

지금까지 자신이 알던 그가 아닌 듯했다.

한편으로는 청의인들을 손쉽게 물리치는 천해문 사람들을 보며 아연한 마음이 들었다.

자신들이 황하를 건넌 목적이 무엇이던가. 바로 저들을 잡겠다고 오지 않았는가 말이다.

'아미타불, 맹의 어른들은 저들을 너무 쉽게 생각했어.'

지금 생각하면 어이가 없는 일이었다.

*　　　　*　　　　*

사운평은 대정과 팽도안, 남궁진을 학벽의 장원으로 데려갔다.

어차피 드러날 곳, 알려주지 못할 것도 없었다.

의원까지 불러서 세 사람의 상처를 치료한 그는 대정이 어느 정도 정신을 추스르자 단도직입적으로 말했다.

"무림맹에서 왜 나를 쫓는지 알겠는데, 지금은 나에게 신경 쓸 때가 아니오."

"아미타불, 무슨 말씀을 하시고 싶은 거요?"

"봄이 되면 한바탕 피바람이 불 거요. 어쩌면 무림맹도 그 피바람에 휘말릴지 모르오."

"혹시 오늘 싸운 그자들 때문에……?"

"그렇소. 그래서 천의산장도 우리 천해문에 청부를 의뢰한 거요."

들기에 따라서 달리 들릴 수도 있는 말이었다.

우직한 대정은 곧이곧대로 들었지만.

"그럼 그들을 조사하기 위해서 나선 거란 말이오?"

"바로 그거요! 그러니 쓸데없이 나를 건드려서 일을 방해하지 마쇼."

"시주, 그 사실을 알아내면 본 맹에도 알려주실 수 있소?"

"알려주지 못할 것도 없죠."

"정말 고맙……."

"단!"

"예?"

"우린 청부업체요. 무료로 일을 해드릴 수는 없소. 물론 정확한 정보에 대해서만 대가를 받을 거요."

"얼마나……?"

"무림맹을 이루는 구문팔가는 모두 부자로 알고 있소. 뭐 듣기로는 소림사도 엄청난 부자라고 하더군요."

"아미타불. 우리 소림사는 그렇게 부자가 아니오."

무슨 소리!

소림사가 부자라는 걸 모르는 사람이 어디 있어?

떼로 몰려드는 향화객에게 받는 돈이 얼마나 많은데!

하지만 사운평은 모르는 척 말을 돌렸다.

"소림사는 아니라 해도 팔가 중 몇 곳은 정말 부자라고 알고 있소. 특히 황보세가와 남궁세가는 억만금을 지녔다더군요."

한쪽에서 듣고 있던 팽도안은 그나마 팽가의 이름이 안 나온 것에 안도의 한숨을 쉬었고 이름이 불린 남궁진은 속도 없이 자부심으로 어깨에 힘이 잔뜩 들어갔다.

"그들이라면 큰돈으로 여기지도 않을 거요."

"그러니까, 얼마나 원하는 거요?"

대정의 말에 사운평이 우수를 들어서 손가락을 쫙 폈다.

몇 번 해봐서인지 무척 자연스러웠다.

"금자 오천 냥."

대정이 눈을 껌벅였다.

그때만큼은 부상당한 사람 같지가 않았다.

"그, 금자 오천 냥?"

"이번 일을 위해서 본문의 문도와 정보원 수십 명이 동원되었소."

어쨌든 스무 명이 넘으니 거짓말은 아니었다.

"상대가 상대인 만큼 그들 중 목숨을 잃는 자도 생길 수밖에 없소."

그럴 가능성도 컸다.

"그러니 그것도 과한 금액이 아니오."

대정은 그의 말을 이해할 수 있을 듯했다.

수십 명이 동원되었다면 일인당 많아야 백 냥. 목숨을 걸고 하는 일이라면 결코 많은 돈도 아니었다.

"아미타불. 내 돌아가면 맹의 어른들께 말씀드려보리다."

"뭐, 그 외에도 몇 가지 중요한 정보가 있긴 한데, 그 정보들은 상황을 봐서 공짜로 전해드리겠소."

"고맙소이다, 운 시주."

일단 공짜라는 말로 대정의 마음을 현혹한 사운평은 슬쩍 미끼를 하나 던졌다.

"아니지, 원한다면 먼저 정보를 하나 주죠."

"그렇게 해주신다면 고맙게 여기고 경청하겠소."

"오늘 당신들을 공격한 자들이 바로 왕옥산에서 무덤을 무너뜨린 자들이오."

그에 대해선 대정도 짐작하고 있던 바였다.

"역시 그랬구려."

약간 실망한 목소리.

하지만 진짜배기는 그 다음이었다.

"그들은 은천령이라는 단체의 하수인들이오."

"은천령?"

대정의 눈이 번쩍 빛났다.

당연히 그럴 줄 알았다는 듯 사운평이 느긋하게 마저 말을 이었다.

"아주 중요한 이름이죠. 사실 그 이름만으로도 금자 천 냥은 받을 수 있지만, 앞으로 협조하기로 했으니 그냥 알려드리는 거요."

"고맙소, 운 시주!"

사운평이 새로운 단골을 확보하고 즐거워하던 그 시각.

동방진이 직접 이끄는 천화궁 본진이 태행산 서쪽 고갯길을 넘어 갔다.

그들 중에는 동방인도 있었고, 동방환도 있었고, 백교하도 있었다.

그들은 고갯길을 넘자마자 곧장 장치 쪽을 향해 달렸다.

겨울을 얼마 남겨놓지 않은 날, 마침내 폭풍이 태행산을 넘어 산서를 뒤덮기 시작했다.

그런데 그 즈음…… 낙양에서 생각지도 못했던 일이 벌어지고 있었다.

*   *   *

"저깁니다."

어둠 속에서 나직한 목소리가 흘러나왔다.

어둠만큼이나 검은 복장을 한 자들, 그들의 시선은 동학로 골목 안에 있는 천해장을 향하고 있었다.

그들 중 덩치 큰 흑의인이 나직이 물었다.

"안에 몇 명이나 있지?"

"남자가 아홉, 여자가 넷 있습니다."

"생각보다 적군."

"경계해야 할 정도의 무공을 익힌 것으로 판단되는 자는 대여섯입니다."

"결국 알맹이는 다 빠졌단 말이군."

"산장에서 맡긴 일을 처리하기 위해 출동한 모양입니다."

"아쉽군. 한 번에 처리하면 될 일이 복잡해졌어."

"어떻게 하시겠습니까?"

덩치가 큰 자의 눈가에 주름이 그어졌다.

"인질로 잡아서 이용하는 것도 나쁘진 않겠지."

"하면……?"

"산장 쪽 무사는 언제 교대하지?"

"곧 교대 시간입니다."

"준비해."

"예, 대주."

"평범한 시비나 일꾼은 필요 없다. 인질이 될 만한 계집만 잡고 나머지는 입을 막아."

*　　　*　　　*

술시가 넘어가는 시각.

풀벌레 소리조차 들리지 않는 한겨울 밤의 천해장은 너무나 조용해서 옆집 노인이 기침하는 소리까지 들렸다.

안채의 내실에서 이문과 차를 마시던 초혜의 나직한 목소리도 들렸고.

"아버지, 천의산장이 정말 순수한 마음으로 계약을 했을까요?"

이문은 차로 입술을 축이고 담담히 대답했다.

"그건 아닐 거다. 아마 철저히 이용해먹으려는 속셈이겠지."

"이용해 먹은 다음에는요?"

"사냥을 마친 사냥개 중 말을 잘 듣지 않는 사냥개나 필요가 없어진 사냥개는 삶아먹곤 하지"

"토사구팽을 당할 수도 있다는 뜻인가요?"

"얼마든지."

"문주도 알겠죠?"

"당연히 알 거다."

"문주가 그들을 당해낼 수 있을까요?"

"왜, 문주가 걱정 되냐?"

"쳇, 문주가 얼마나 얍삽한데 걱정해요? 제가 걱정하는 건 우리죠."

이문이 빙그레 미소를 지었다.

그가 어찌 초혜의 마음을 모를까.

겉으로 말은 하지 않고 있지만, 사운평을 사모하는 마음은 이연연과 별 다르지 않을 것이다.

"문주는 보통 사람이 아니다. 남들은 그를 방정맞은 사람으로 생각할지 모르지만 내 생각은 다르다."

"촐랑거리는 건 사실이잖아요. 웃을 때 보면 너무 가벼워 보이고."

"물론 그런 면도 없진 않지. 하지만 보이는 것만 믿어선 안 된다. 어쩌면 남들의 판단을 흐리게 하기 위해서 그런 것일 수도 있으니까."

고개를 갸웃거린 초혜가 피식 웃었다.

"아무리 생각해도 가식 같지는 않아요."

그래서 더 그를 좋아하는지도 모른다. 남들처럼 힘이 조금 있다고 거만하게 굴지 않으니까. 잔정도 많고.

"그가 손해 보는 행동을 하는 걸 본 적 있냐?"

"그건……."

초혜가 대답을 머뭇거렸다.

자신이 아는 한 그런 적은 없었다.

오히려 손해 볼 상황도 멋지게 반전시켜서 큰 이익을 챙겼다.

촐랑거리고 방정맞은 사람이 그렇게 철저할 수 있을까?

정말 이해할 수 없는 사람이었다.

"솔직히 이건 내 생각인데…… 아마 그의 얼굴에서 웃음을 빼앗아 가는 사람이 있다면, 그는 처절하게 후회할 거다."

"왜요?"

초혜가 의아해하며 묻자, 이문이 얼굴을 바짝 내밀며 나직이 말했다.

"지옥을 볼 테니까."

초혜는 자신도 모르게 어깨를 으스스 떨었다.

그때 밖에서 다급한 목소리가 들렸다.

"아가씨, 접니다요."

만구점 이가의 목소리다.

"들어와요."

이가는 더 부르지 않고 즉시 방으로 들어왔다.

"무슨 일이에요?"

"아무래도 주변 상황이 수상합니다요."

"수상하다고요? 뭐가요?"

"낮에 처음 보는 자들이 동학로 근처에서 어슬렁거리고 있었습죠. 방금 전에도 그들이 보였는데, 아무래도 이곳으로 다가오는 것 같습니다요."

"천의산장 사람들인가요? 아니면 남화장?"

"처음에는 그들인 줄 알았습죠. 그런데 하는 행동이 아무래도 아닌 것처럼 보입니다요."

"아니라고요? 그럼 누구죠?"

"그걸 모르겠습니다요. 아마 그들이 황가에게 말을 걸지 않았다면 천해장을 노린다는 것도 모를 뻔 했습죠."

이문이 그 말을 듣고 다급히 물었다.

"몇이나 되던가?"

"정확히는 모르겠습니다만, 저나 애들이 본 자들만 대여섯 명은 되는 듯했습니다요."

그 이상일 수도 있다는 뜻.

"천의산장 쪽에서 우리를 감시하다시피 하는데 누가 그들의 눈을 피해서 들어온 거죠?"

초혜의 질문에 이문이 굳은 표정으로 말했다.

"천해문을 노리는 자들이 꼭 그들만 있는 것은 아니야."

그렇다. 은명곡이나 신궁도 천해문을 적이나 다름없이 생각한다.

그리고 은천령도.

"그럼 어떡하죠?"

"아무래도 불안하구나. 가서 사람들을 데려와라. 대책을 세워야겠다."

잠시 후, 임풍과 갈원이 제일 먼저 초혜의 방으로 들어왔다.

갈원은 몸이 거의 다 회복되어서 거동하는데 큰 불편이 없었다.

"무슨 일인가?"

"수상한 자들이 이 근처에서 얼쩡거리고 있다 합니다, 갈 대협."

"수상한 자들? 혹시 천의산장에서 우리를 감시하는 것 아닐까?"

잠깐 이야기를 나누는 사이 낙수교와 홍명, 조항이 차례차례 들어왔다.

낙수교가 들어오면서 갈원의 말을 들은 듯 욕부터 퍼부었다.

"개자식들, 일을 시켜놓고 뒤통수를 치겠다는 건가?"

"원래 그런 놈들 아니오? 믿은 게 바보지요."

홍명도 한마디 거들며 은근히 사운평을 탓했다.

그러나 이문은 그들과 생각이 달랐다.

"저도 그렇게 생각했습니다만, 이가는 천의산장이나 남화장 사람이 아닌 것 같다고 했습니다."

갈원이 이마를 찌푸리며 고개를 틀었다.

"그들이 아니다? 하면 어쩔 생각인가?"

"아무래도 이곳에서 잠시 피하는 게 좋겠습니다. 다른 분들에게도 알려서……."

바로 그때, 앞마당 쪽에서 누군가가 소리쳤다.

"누구요?"

바늘에라도 찔린 듯 방 안의 사람들이 일제히 입을 닫고 허리를 세웠다.

그와 동시 비명이 터져 나왔다.

"아악!"

이문이 다급히 말했다.

"역시 적입니다. 어서 초혜와 아이들을 데리고 빠져 나가십시오."

"자넨?"

갈원이 의아한 표정으로 물었다.

이문은 쓴웃음을 지으며 눈길을 돌렸다.

"설마 별 볼 일 없는 다리병신을 죽이기야 하겠습니까? 제 걱정 마시고 초혜나 데리고 가십시오."

가늘게 떨리는 목소리로 아무렇지도 않은 듯 말을 마친 그의 눈꺼풀이 찢어질 듯 파르르 떨렸다.

그라 해서 어찌 살고 싶지 않을까?

하지만 지금의 몸으로는 짐만 될 뿐이다.

"안 돼요, 아버지! 함께 가요!"

초혜가 악을 썼다.

이문은 이를 악물고 초혜를 바라보았다.

자신은 죽어도 초혜는 살아야 한다. 세상에서 얻은 단 하나의 딸만큼은.

"긴말할 시간 없다. 어서 가!"

냉정한 낙수교가 손을 뻗어서 초혜를 기절시켰다.

임풍이 쓰러지는 초혜를 재빨리 붙잡았다.

"임풍, 자네가 업고 따라오게. 자네 둘은 먼저 가서 아이들을 챙기고."

갈원이 소리치자, 홍명과 조항이 먼저 뒷문을 열고 뛰쳐나갔다.

초혜를 업은 임풍도 그 뒤를 따라가며 뒤를 슬쩍 바라보았다.

그 순간.

쾅!

앞쪽 방문이 터져나갔다.

"흥! 어딜!"

낙수교가 한쪽 서탁 위에 있던 붓을 움켜쥐고 방문을 향해 뿌렸다.

쉐에에엑!

크고 작은 붓 다섯 자루가 비수처럼 날아갔다.

막 방으로 들어오려던 자들이 흠칫하며 뒤로 물러섰다.

낙수교도 그 틈을 이용해서 뒷문을 빠져나갔다.

방 안에 남은 사람은 이문뿐.

그는 의자에 앉아서 반쯤 빈 찻잔을 들었다.

'잘 가라, 초혜야. 행복하게 살고. 이 아비는 너를 만나서 함께 지 낸 날이 평생에서 제일 행복했었단다.'

차는 이미 싸늘하게 식어 있었다.

그는 인생의 마지막이 될지도 모를 차를 한 모금 입에 넣었다.

다향이 유난히 진했다.

그때 한 사람이 방 안으로 들어왔다.

체격이 큰 사십 대 중년인이었는데, 얼굴에 기다란 검상이 흉측하 게 그어져 있었다.

그는 방 안을 둘러보더니 냉랭하게 코웃음 쳤다.

"흥! 이곳에서 도망칠 생각은 하지 않는 게 좋을 거다."

"뉘신데 야밤에 이곳을 방문하신 거요?"

이문의 태연함이 의외였는지 중년인의 이마에 골이 파였다.

"겁이 없는 친구군."

"얼마 전에 다 죽었다 살아났소이다. 이 다리도 그때 병신이 되었 는데, 그 이후로는 죽음을 두려워하지 않게 되었지요."

"우리도 다리병신을 죽이고 싶은 마음은 없다. 묻는 말에 대답만 잘 한다면 살려주지. 하지만 입을 열지 않는다면, 죽음보다 더한 고 통을 받게 될 것이다."

한편, 초혜의 방을 빠져나간 임풍과 갈원은 급히 뒷담 쪽으로 이동했다.

여기저기서 소란스런 소리가 들렸다.

다른 사람들도 적의 침입을 안 듯했다.

임풍과 갈원이 건물을 돌아가자, 차가운 일갈과 함께 흑의인 셋이 두 사람의 앞을 가로막았다.

"어딜 가려고!"

임풍은 뒤를 돌아다보았다.

그러나 자신이 지나온 쪽 역시 천해장에 침입한 자들이 들어서고 있었다.

"내가 앞장서지!"

갈원이 앞으로 튀어나가며 두 손을 뻗었다.

부드러운 장력이 파도처럼 밀려갔다.

흑의인들은 갈원의 장력에 실린 위력이 심상치 않음을 깨닫고 다급히 공력을 끌어올렸다.

떠더덩!

갈원의 공격을 정면으로 받아낸 흑의인이 주르륵 뒤로 밀려났다.

동시에 다른 두 흑의인들이 갈원을 공격했다.

갈원은 빠르게 쌍장을 쳐내며 그들의 전진을 막았다.

그러나 갈원의 실력으로 그들을 모두 감당하기에는 무리였다.

게다가 무기조차 없는 상황이 아닌가 말이다.

"제기랄!"

갈원이 한소리 내지르며 뒤로 물러섰다.

바로 그때, 흑의인들의 뒤로 누군가가 내려섰다.

"여기도 있다, 이놈!"

갈원은 목소리의 주인이 낙수교임을 알고 힘을 냈다.

낙수교가 비록 한 손을 크게 다치긴 했지만 다른 한 손은 멀쩡했다. 내상이 어느 정도 나은 그라면 한두 사람은 충분히 상대할 수 있지 않겠는가.

그뿐이 아니었다.

"뒤쪽은 우리가 맡지!"

걸걸한 목소리가 뒤에서 들렸다.

고개를 돌리자 홍명과 조항이 흑의인들을 공격하고 있었다.

그리고 곧 궁탁마저 나타났다. 그의 등에는 소소가 업혀 있었다.

"영소는 어찌 되었나?"

갈원이 소리쳐 물었다.

"방 안에 없소이다!"

"어디 숨은 모양이오!"

홍명과 조항이 거의 동시에 대답했다.

영소를 찾기 위해 집 안을 뒤질 수도 없는 일이다. 그저 꽁꽁 숨어서 저들의 눈에 들키지 않기만 바라는 수밖에.

"제기랄, 가세!"

갈원이 한 소리 외치고 전면을 향해 몸을 날렸다.

초혜와 소소를 업은 임풍과 궁탁이 그 뒤를 바짝 따라갔다.

임풍은 영소와 구광이 걱정 되었지만, 당장 그가 두 사람을 위해 할 수 있는 일은 아무 것도 없었다.

'제발 살아만 있어라, 영소야! 구 형도!'

적도 호락호락하지 않았다.

"놈들을 잡아라!"

냉랭한 명령과 함께 흑의인 칠팔 명이 뒷마당 쪽으로 들어왔다.

낙수교가 악을 썼다.

"애들부터 데리고 담을 넘어가!"

임풍과 궁탁이 초혜와 소소를 업고 담을 넘었다.

第三章

암천살객을 아느냐?

탐랑군 고경천은 유수의 보고를 받고 눈이 커졌다.

"무슨 소리냐? 천해장이 공격을 받아?"

"예, 탐랑군 어른. 정체를 알 수 없는 자들이 침입해서 그곳의 시비와 일꾼 노인을 비롯해서 다섯 사람을 죽였습니다."

"다른 사람들은?"

자신들이 파악한 바에 의하면, 천해장에 남은 사람은 열두어 명이었다.

다섯이 죽었다면 일고여덟 명은 살아남았다는 말 아닌가.

"용케 빠져나간 것처럼 보입니다."

"빌어먹을! 일이 이상하게 흐르는군."

"그렇게 걱정할 정도는 아닌 것 같습니다만……."

"걱정할 정도가 아니라고? 운평이란 자가 알면 범인을 누구라고 생각하겠느냐?"

냉랭한 고경천의 말을 듣고서야 유수는 일이 간단치 않음을 알고 침음을 흘렸다.

"으음, 그거야 그렇습니다만……."

"즉시 무사들을 풀어서 낙양을 샅샅이 뒤져라. 놈들을 찾아내! 그리고 도주한 사람들도 찾아 봐!"

고경천의 화난 목소리를 오랜만에 들은 유수는 아무 반발도 못하고 고개를 숙였다.

"알겠습니다."

유수를 내보낸 고경천은 급히 금우경을 만났다.

금우경 역시 상황을 꿰뚫어보고 표정이 굳어졌다.

"어이가 없군. 대체 어쩌다가 천해장이 공격당하는 것도 모르고 있었단 말인가?"

"감시조가 교대하는 틈을 노린 것 같습니다."

"그렇다면 우리의 내부 상황을 잘 아는 자들이라고 봐야겠군."

"그래서 더 걱정입니다. 아무래도 간자가 안에 있는 것 같습니다."

"간자도 간자지만, 문제는 운평이야."

금우경이 무거운 표정으로 사운평의 이름을 꺼내자, 고경천이 자신의 생각을 말했다.

"저도 그 문제에 대해서 생각해봤습니다, 원주. 그가 엉뚱한 생각을 품을 경우에 대한 대비도 해놓는 게 좋을 것 같습니다."

금우경은 그 말의 의미를 알기에 바로 대답을 못했다.

만약 그를 처리하려다 실패하면?

아마 거센 후폭풍이 몰아칠 것이다.

사운평의 능력을 조금이나마 엿본 그로서는 생각만으로도 가슴에 먹구름이 끼었다.

그러나 천의산장이 변명이나 늘어놓을 수도 없는 일.

어차피 그가 자신들을 의심한다면 길은 하나뿐이다.

"대비를 하려면 철저히 해야 할 거네. 미친 호랑이가 산으로 도망치면 잡기가 더 힘들어지니까. 게다가 그는 여우 머리를 지닌 호랑이야."

＊　　　＊　　　＊

천해장의 담을 넘은 후 골목길을 빙빙 돌아 북문 근처까지 도주했는데도 적은 추적을 멈추지 않았다.

참으로 끈질긴 자들이다.

부상당한 몸으로는 그들을 떨쳐내기가 쉽지 않은 상황.

"어서 가아아!"

맨 뒤로 처졌던 홍명이 악을 쓰며 돌아섰다.

검을 불끈 쥔 그는 숨을 크게 들이쉬었다.

마도에 몸을 담은 후 남을 위해 이렇게 힘을 써본 적이 언제던가.

죽음이 두려워야 하는데 이상하게 가슴이 뛰었다.

당장 죽는다 해도 후회하지 않을 것 같은 기분.

'그래, 남자라면 죽어도 이렇게 죽는 거야!'

검을 불끈 움켜쥔 그가 어둠 속에서 달려오는 적을 향해 소리쳤다.

"와라! 개자식들아!"

흑의인 둘이 달리던 그대로 홍명을 공격했다.

죽음을 각오한 홍명은 혼신의 힘을 다해서 버텼다.

비록 그는 십여 초 만에 쓰러졌지만 도주하는 사람들에게는 천금 같은 시간이었다.

그동안 전력을 다해서 달린 임풍 등은 골목 두 개를 돌아갔다.

이번에는 절룩거리며 달리던 조항이 걸음을 멈췄다.

"나는 더 달릴 수가 없소. 내가 저들을 지체시킬 테니 어서 가시오."

누구도 그에게 함께 가자는 말을 하지 않았다.

조항의 발밑으로 피가 고이고 있었다. 그는 가고 싶어도 갈 수가 없었다.

그렇다고 다른 사람이 업고 갈 수도 없고.

"저승에서 만나면 내가 술 한 잔 드리리다."

궁탁이 무뚝뚝한 어조로 말하고 다시 걸음을 옮겼다.

다른 사람들도 입을 꾹 다문 채 길을 재촉했다.

임풍은 상선로의 옛집에 도착한 후에야 초혜의 혈도를 풀어주고 내려놓았다.

적의 추적은 더 이상 느껴지지 않았다.

초혜는 울음부터 터트렸다.

"아버지, 흑흑흑, 아버지이이이……."

아버지가 늑대 같은 놈들 손에 잡혔다. 이제 겨우 몸이 좋아져서 입가에 웃음이 떠나지 않던 아버지가.

'만약 아버지가 돌아가셨으면 절대 가만두지 않을 거야! 무슨 수를 써서라도 복수를 하고 말 거야! 아버지이이이!'

희망이 없는 것은 아니었다.

낙수교의 말에 의하면, 아버지는 침입자 중 수장으로 보이는 자와 대화를 나누고 있었다고 했다.

아마 아버지가 시간을 끌지 않았다면 천해장을 빠져나오지 못했을지도 모른다고도 했다.

아직 살아계실지도 모른다.

"놈들의 추적이 느껴지진 않네만, 혹시 모르니 조금만 쉬었다가 다른 곳으로 옮기도록 하세."

갈원이 창백한 안색으로 말했다.

그는 옆구리와 어깨가 붉게 물들어 있었다. 움직일 때마다 핏방울이 뚝뚝 떨어졌다.

하지만 다른 사람보다는 나았다.

궁탁은 언소소를 지키기 위해서 자신의 몸을 아끼지 않았다. 그 바람에 왼팔이 반쯤 잘렸다.

낙수교는 겨우 붙어가던 손가락이 다시 부러졌고.

게다가 홍명과 조항은 중상을 입은 채 뒤로 처져서 어떻게 되었는지 아직 알 수조차 없었다.

'죽었겠지.'

그래서 더 자신의 어려움을 남 앞에 내비칠 수 없었다.

"서문의 위사를 제가 잘 압니다. 혹시라도 천의산장이 관여되어 있으면 이곳도 위험하니, 몸을 추스르는 대로 성을 빠져나가도록 하지요."

임풍이 자신의 생각을 말했다.

아무도 반대하지 않았다. 지금으로썬 낙양성 전체가 위험지대였다.

그때 상처를 손보고 있던 갈원이 입술을 비틀며 말했다.

"문주가 이 사실을 알게 되면 어떻게 나올지 궁금하군."

눈물을 닦아낸 초혜가 입술을 씹었다.

그녀의 눈에서 한이 쏟아졌다.

"아버지가 그랬어요. 문주의 얼굴에서 웃음이 사라지면 지옥을 보게 될 거라고."

*　　　　*　　　　*

아침 식사 전, 동방환이 보낸 서신이 도착했다.

서신을 다 읽은 사운평이 고개를 들고 씩 웃었다.

"드디어 시작이군."

"무슨 내용이에요?"

이연연이 궁금한 듯 물었다.

한쪽에 앉아 있던 사람들도 귀를 쫑긋 세우고 눈 한 번 깜박이지 않은 채 사운평을 바라보았다.

사운평은 그들의 애가 타든 말든 일단 차로 입술을 축이고 느긋이 입을 열었다.

"천화궁의 주력이 태행산을 넘어서 서쪽으로 갔다는군."

신궁 공격!

마침내 전쟁의 본격적인 막이 올랐다.

자신들이 직접 나서진 않았다 해도 천하 격변의 중심에 있는 것만큼은 분명하다.

"이제 어떻게 할 건가?"

언송초가 초조한 목소리로 물었다. 천하의 설편자도 이때만큼은 감정을 누르기 힘들었다.

아마 지금의 심정으로 사기를 쳤다면 아무도 속지 않았을 것이다.

"어떡하긴요? 구경이나 하다가 땅에 떨어진 금쪼가리가 있으면 줍는 거죠 뭐."

맹물보다 싱거운 대답.

멋진 말을 잔뜩 기대하고 있던 사람들의 어깨가 축 처졌다.

'누가 돈벌레 아니랄까봐 말끝마다 돈이군.'

'그렇게 벌어서 어디다 다 쓰려는 거야?'

'아예 집을 금으로 지을 생각인가?'

하지만 사운평의 말은 아직 끝난 것이 아니었다.

"이제 무림맹은 물론이고 은명곡과 귀혼문도 움직일 겁니다."

"아!"

"음……."

끄덕끄덕.

각양각색의 반응이 나왔다.

"그럼 신주구세 중 몇 곳도 엉덩이가 들썩거리겠죠. 이미 검천성은 움직인 것 같고, 태원의 백군맹도 끼어들 수밖에 없을 것이고……."

말을 이어가던 사운평이 관호를 향해 고개를 돌렸다.

"당연히 천도맹도 움직이겠죠."

관호가 돌덩이처럼 굳은 표정으로 보일 듯 말 듯 고개를 끄덕였다.

그러자 이연연이 사운평의 말을 보충했다.

"아마 그들 외에도 신주구세 중 몇 곳이 더 움직일 거예요."

어깨가 축 처졌던 사람들의 표정이 서서히 굳어졌다.

판이 크게 벌어질 거라는 걸 모르진 않았다. 그러나 자신들이 예상한 것보다 훨씬 커서 숨이 막힐 정도였다.

"후우, 제길, 그 정도면 천하가 모두 전쟁에 참여한다 해도 과언이아니군."

겨우 숨을 내쉰 언송초가 착잡한 표정으로 중얼거렸다.

사운평이야 눈도 깜짝하지 않았지만.

"그거야 당연하죠. 잘하면 당금 강호의 주도권을 잡을 수 있는 기회인데, 욕심 많은 자들이 왜 놓치려고 하겠습니까?"

"사람이 많이 죽겠어."

"아무래도 그러겠죠."

"자네도 많은 돈을 벌 거고."

"어디 저 혼자 법니까? 다 함께 버는 거죠."

사운평은 언송초의 날카로운 공격을 가볍게 튕겨내고 말을 돌렸다.

"그래서 말인데, 이제부터가 중요합니다."

사람들의 눈빛이 다시 빛났다.

"이러니 저러니 해도 가장 중요한 자들은 은천령입니다. 그들을 파악하지 못하면 죽도 밥도 안 됩니다."

그 말에 가장 큰 반응을 보인 사람은 호우였다.

"저기, 밥 먹고 이야기하면 안 될까?"

사운평은 호우를 한 번 째려보고 마저 말을 이었다.

"어제 죽인 자들 입에서 약간의 단서를 얻어냈으니, 일단 백악산 연혼곡부터 찾기로 하죠."

어제의 일을 떠올린 몇 사람이 사운평을 질린 기색으로 바라보았다.

싸움이 끝난 후 사운평이 두 사람을 고문했다.

아니, 정확히는 한 사람만 고문했다.

그 고문 과정이 어찌나 살벌했는지, 다른 한 사람은 사운평이 바라보자 덜덜 떨었다.

안색 하나 변하지 않고 사람을 죽지도 살지도 못하게 만들다니.

결국 온몸이 만신창이가 된 자는 조연홍이 손을 쓴 덕에 편한 표정으로 죽을 수 있었다.

옆에 있던 사람들은 숨도 제대로 쉬지 못하고 입을 꾹 다문 채 그 광경을 바라보기만 했고.

심지어 그 독하다는 막귀붕도.

'보기보다 훨씬 더 독한 놈이야.'

"막 선배님, 왜 그런 눈빛으로 바라보십니까?"

"응? 아, 아무 것도 아니네. 할 이야기 더 있나? 없으면 식사나 하지?"

왜 이리 먹는 걸 밝히는 사람이 많아?

"하긴 열심히 뛰어다니려면 먹는 거라도 많이 먹어야죠."

그때 언송초가 깜박 잊었다는 듯 말했다.

"아참, 오시가 되기 전에 소청이 올 거네. 우리가 알아낸 정보만 전해주어도 그 친구는 연혼곡을 찾아낼 수 있을 거야."

'응? 오령문의 그 노인이?'

제길, 정보만 건네받으면 되지, 왜 오라고 해?

소청이라는 노인이 온 것은 정확히 사시 말에서 오시로 넘어가기 직전이었다.

어떻게 그리 정확하게 알았냐고?

소청이 말했다. 자신이 갖고 다니는 이상한 판과 막대기를 땅에 꽂고서.

"다행히 늦지 않았군. 오시가 되려면 반각 정도 남았어."

소청은 키가 생쥐처럼 작았다.

멀리서 보면 아직 열 살도 안 된 소년 같았다. 얼굴도 천진난만했고.

아마 양 옆으로 뻗은 하얀 콧수염과 듬성듬성 빠진 이만 아니었다면 진짜 소년으로 여겼을지도 몰랐다.

하지만 사운평은 절대 그 얼굴을 안 믿었다.

'사부도 저 얼굴을 믿고 방심했다가 실패하셨다고 했지.'

겨우 목숨을 건진 소청은 그 후부터 거금을 들여서 절정고수 넷을 호위로 데리고 다닌다.

"어서 오게."

언송초가 소청을 반겼다.

"저 젊은 친구가 천해문의 문주인가?"

소청은 한눈에 사운평을 알아보았다.

"그렇다네."

"자네 말대로 뺀질거리게 생겼군."

언송초가 말해주었나 보다.

"허허허, 자네도 원, 내가 언제 그런 말을 했단 말인가?"

"뺀질거린다는 말이나 느물거린다는 말이나 그게 그거잖아?"

"허허, 그 친구 참. 그게 어떻게 같은 말인가?"

"원래 느물거리는 놈들이 뺀질거리거든."

"헛소리 그만하고…… 인사하게, 문주. 이 친구가 소청이네."

"사운평이라고 합니다."

사운평이 나름대로 예를 갖춰서 인사를 건넸다.

"반갑구먼."

소청은 고개를 주억거리고는 사운평을 빤히 바라보았다.

"어째 꼭 어디선가 만난 친구 같군."

"저는 어르신이 처음입니다."

"그런가? 하긴 나도 자네를 본 건 오늘이 처음이야."

"하, 하. 그럼 그렇죠."

"그런데도 꼭 전에 본 것 같아. 느낌이 그런가?"

사운평은 가슴이 뜨끔했다.

소청의 괴팍한 성격은 다른 것이 아니었다.

집요함. 그는 자신이 관심을 가진 무언가에 대해 남들이 질릴 정도로 끈질기게 매달렸다.

단지 그뿐이라면 크게 문제될 것 없었다.

문제는 그가 절대로 잊는 법이 없다는 것이었다. 그게 무엇이든.

그리고 천진난만하게 보이는 얼굴과 정반대로 냉혹했다.

"일단 들어가시죠."

사운평이 환하게 웃으며 안을 가리켰다.

소청은 고개를 갸웃거리며 어린아이처럼 폴짝거리며 안으로 들어갔다.

그럴 때는 영락없이 아홉 살 소년이었다.

그런데 팔을 흔들며 걸어가는 소청의 왼손 소매 사이로 언뜻 손가락이 보였다.

세 개밖에 없었다.

'저런 인간이 눈 하나 깜짝 않고 자신의 손가락 두 개를 사부의 검 앞에 내밀었단 말이지?'

그 덕분에 목숨을 구했다.

암천살객은 목 대신 손가락 두 개를 잘랐을 뿐이고.

　　　　*　　　　　*　　　　　*

태양이 중천에 떠오른 오시 무렵.

사마중염은 점심을 먹고 연못 근처를 거닐었다.

커다란 잉어 십여 마리가 물속에서 놀고 있었다.

'아마 저 잉어들은 연못이 세상의 모든 것인 줄 알겠지?'

연못 속의 잉어가 마치 자신 같다.

장강이나 황하가 얼마나 거대한지 모르는 잉어들. 몇 달 전까지만 해도 천하가 얼마나 넓은지 몰랐던 자신.

다를 것이 뭐 있을까.

'운정이란 자는 어디에 있는지 모르겠군.'

자신에게 처음으로 세상이 넓다는 걸 알려준 자.

문득 그가 보고 싶어졌다.

비록 좋은 일로 만나지는 않았지만 왠지 정감이 가는 자였다.

'나중에 만나면 술이라도 한잔 해야겠어.'

그는 생각도 못했다. 자신이 사운평에게 사기 당했다는 걸.

그가 막 몸을 돌리려는데 누군가가 뒤에서 그를 불렀다.

"사마 공자님."

고개를 돌리자 서른쯤 되는 장한이 미끄러지듯 다가오는 게 보였다.

눈에 익은 자였다. 공손무곡 곁에 서 있던 호위무사 중 하나.

"무슨 일이오?"

"대공께서 모셔오랍니다."

공손무곡의 방으로 들어간 사마중염은 공손하게 포권을 취하며 고개를 숙였다.

"부르셨습니다, 대공?"

"어서 오게. 거기 앉지."

사마중염은 고개를 들고 공손무곡의 맞은편에 앉았다.

방 안에는 공손무곡 외에도 다섯 사람이 더 있었다.

금우경과 사공학, 공손수양, 나머지 둘은 칠성군 중 둘인 거문군 숙경과 염정군 곡상이었다.

사마중염이 자리에 앉자 공손무곡이 물었다.

"검천성에서 온 사람이 백 명쯤 되지?"

"예, 대공."

사마중염이 데려온 일차 병력은 백일곱 명이었다.

장로 셋, 검천무령 열, 빈객들로 이루어진 무검단 스물, 검천팔당 중 삼당의 무사 칠십사 명.

공손무곡은 그 전력조차 마음에 들지 않아서 첫날 인사를 받은 이후로 며칠 간 사마중염을 부르지도 않았다.

"천해장이라는 곳이 공격받았다는 소식 들었나?"

사공학이 질문부터 던졌다.

사마중염은 들은 이야기가 있기에 고개를 끄덕였다.

"들었습니다."

"이제야 말이지만, 본 산장과 천해장의 주인과 모종의 계약을 맺었네. 그런데 누군가가 그곳을 쳤어."

사마중염은 뜻밖의 이야기가 나오자, 반문하지 않고 일단 듣기만
했다.

"아무래도 본 산장의 일을 방해하려는 자들 소행 같네."

"낙양에서 감히 그런 짓을 저지르는 자가 있다니, 산장의 위엄을
위해서라도 용서해서는 안 될 것입니다."

사마중염이 짐짓 분개한 목소리로 말하며, '탕!' 소리가 나도록
탁자를 내려쳤다.

그때 조용히 앉아서 경청하고 있던 공손무곡이 차가운 표정으로
본론을 꺼냈다.

"네 말이 맞다. 절대 용서해서는 안 되지. 그래서 말이다만, 검천
성 쪽에서 해줄 일이 있다."

"말씀하시지요, 대공."

"천해장 사람 몇이 살아서 도주했다는데 찾기가 쉽지 않아. 검천
성이 그 일을 맡아줘야겠어."

그러잖아도 답답하던 차였다. 차라리 잘 된 일일지도…….

"알겠습니다. 그동안 모은 정보를 주신다면 저희가 찾아보겠습니
다."

"그리고 하나 더."

공손무곡은 등골이 오싹할 정도로 싸늘하게 눈빛을 번뜩이며 명을
내렸다.

"낙양 외곽에서 수상한 자가 얼쩡거리거든 정리하도록 해라. 코앞
에서 치욕을 당하는 것은 한 번이면 족해."

"명대로 행하겠습니다, 대공."

*   *   *

"너!"

한창 중요한 협상을 하다말고 소청이 손가락으로 사운평을 가리키며 벌떡 일어섰다.

"왜 그러십니까?"

사운평이 의아해하는 표정으로 소청을 바라보았다.

"갑자기 왜 그래?"

"저 친구가 잘못한 거라고 있나?"

언송초와 삼불자도 두 사람을 번갈아보았다.

하지만 소청은 두 사람의 말을 들은 척도 않고 사운평만 노려보았다.

천진난만하던 눈은 눈초리가 치켜 올라가서 먹이를 뺏긴 강아지처럼 사납게 보였다.

"살객과 무슨 관계지?"

"무슨 말씀이신지……?"

"너의 몸속에 도사린 기운, 그 손, 그자와 너무 비슷해. 솔직히 말하지 않으면 후회하게 될 거다."

"살객이라는 별호를 지닌 사람이 어디 하나둘입니까?"

"내가 말한 살객은…… 암·천·살·객이니라."

사운평은 가슴이 뜨끔했지만 모른 척했다.

어차피 사부의 이름을 듣는 것만으로도 이가 갈렸다. 거짓말이 술술 나오는데, 죄책감은 눈곱만큼도 들지 않았다.

"아! 암천살객? 저도 그 이름은 들어봤습니다. 누가 그러더군요. 천하제일의 살수라고요."

사부가 자신의 입으로 그랬다.

"흥! 천하제일살수? 지나가던 개가 다 웃겠군. 그런 멍청이가 천하제일살수라면 나는 천하제일고수다."

"하, 하, 하. 멋진 표현이군요."

돌아가신 사부가 들었으면 어떤 표정을 지었을까?

이마의 핏대가 터졌겠지?

"헛소리하지 말고 솔직히 말해. 그자와 어떤 관계지?"

"아마 이름만 알아도 가까운 사이라고 한다면, 저와 가까운 사람이 수천 명은 될 겁니다. 제가 기억력이 조금 좋거든요."

연연이보단 못하지만.

연연이는 기억력에 대해서만큼은 진짜 최고였다.

"진짜 암천살객을 모른단 말이냐?"

"도대체 왜 저를 그딴 멍청한 살수와 가까운 사이로 만들지 못해서 난립니까?"

사운평이 약간 짜증나는 투로 말했다.

그 말에 소청도 바로 다그치지 못했다.

아주 싸가지 없는 제자가 아니고서야 어떤 제자가 사부를, 또는 사문의 어른을 '그딴 멍청한 살수'라고 할 수 있겠는가?

"정말…… 모른단 말이지?"

"모릅니다. 모른다고요! 언 노선배, 소 노선배와의 협상은 알아서 하십시오. 아무래도 소 노선배는 저와 이야기할 마음이 없나 봅니다."

사운평이 짜증을 내며 자리에서 일어났다.

내심 즐겁게 구경하고 있던 언송초가 그제야 나서서 말렸다.

"허허허, 사 문주가 이해하게. 저 친구는 워낙 의심이 많아서 가끔 말썽을 일으키곤 하지. 그래도 사람은 진국이라네."

소청은 아이처럼 입술을 삐죽이며 언송초를 째려보았다.

그러나 자신이 정말 실수했을지 모른다는 생각에 더 이상 따지지 않았다.

"내가 오해했나 보군. 미안하네."

사운평도 그쯤에서 한발 물러섰다.

"후우, 사과하시니 더 이상 그 일을 따지진 않겠습니다."

"나는 정말 자네가 그자와 연관이 있는 줄 알았네. 그자가 지닌 기운은 무척 은밀하고 특이해서 바로 옆에 있어도 모를 정도였는데, 자네에게서 비슷한 느낌이 들었거든."

그게 바로 살천무무공의 특징이다.

'이러니 사부가 실패했지. 좌우간 감각 하나는 알아줘야겠군.'

"자자, 다시 앉지. 이제 마지막으로 금액만 정하면 되는데 이게 무슨 일이야?"

언송초가 너스레를 떨며 손짓했다.

사운평과 소청은 마지못한 표정으로 자리에 앉았다.

그렇게 대충 소란이 가라앉자, 삼불자가 궁금해 하던 점을 물어보았다.

"암천살객과 무슨 일이라도 있었나?"

소청이 이마를 꿈틀거리더니 이를 갈듯 말했다.

"있었지."

쥐었다 펴는 왼손의 손가락 세 개에 힘이 들어갔다.

"암천살객, 놈이 나에게 아주 좋은 경험을 시켜주었거든."

그때 조연홍이 안으로 들어오다가 멈칫했다.

"어? 저분이 대형의 사부를 잘 아시나 보네요?"

"……!"

"응?"

"뭐?"

소청이 고개를 획 돌렸다.

동시에 사운평의 신형이 의자 위에서 흐릿해졌다.

"거기 서!"

소청이 벼락같이 소리치며 몸을 날렸다.

너무나 갑작스럽게 벌어진 터라 다른 사람은 멍하니 바라보기만
했다.

그 사이 사운평은 밖으로 나갔다.

소청도 뒤따라 나가며 소리쳤다.

"막아!"

밖에 서 있던 소청의 호위무사, 오령사위가 사운평의 앞을 막아섰
다.

사운평은 마당에 내려선 후 실소를 지었다.

소청의 손가락을 자른 사람은 사부다. 아니, 암천살객이다.

자신은 잘못이 없다. 당연히 도망칠 필요도 없고.

"정말 왜 이러는지 모르겠군요."

"모른다? 흥! 모른다면서 왜 도망을 친 거지?"

사운평 뒤에 내려선 소청이 냉랭히 말했다.

사운평이 천천히 고개를 돌리고 답했다.

"귀찮으니까."

"겁난 건 아니고?"

"겁?"

사운평이 다시 피식 웃고는 방문 앞에 서 있는 조연홍을 향해 말했다.

"연홍아, 내가 이 양반을 겁낼 사람이냐?"

조연홍이 어깨를 으쓱하며 대답했다.

"에이, 대형이 누굴 겁내요?"

"이 양반과 여기 이 네 사람이 나를 죽일 수 있다고 보냐?"

"죽으려면 무슨 짓을 못해요?"

사운평이 다시 소청을 바라보았다.

"아는 사람은 알죠. 내가…… 굉장히 무서운 사람이라는걸."

"흥! 개소리! 잡아라!"

오령사위 중 둘이 검과 도를 빼들고 사운평을 향해 쇄도했다.

사운평은 그 자리에서 반바퀴 돌며 한 걸음 물러서는 것으로 두 사람의 공격 동선에서 벗어났다.

쉬쉬쉭! 쒜에엑!

푸르스름한 검기 도기가 그의 몸에서 한 치 간격을 두고 스쳐갔다.

오령사위는 자신들의 공격이 무위로 돌아갔다는 것을 안 순간 공세를 급격하게 변화시켰다.

검기 도기가 소나기처럼 쏟아지며 사운평을 그물처럼 에워쌌다.

사운평의 움직임도 두 사람의 공격을 따라 변화했다.

그 움직임이 어찌나 자연스러운지 정해진 틀에 따라 움직이는 경극 같았다.

또한 너무나 빨라서 사운평의 형체가 겹겹이 겹쳐진 것처럼 보였다.

사람들은 자신의 눈이 잘못 되지 않았나 싶어서 눈을 몇 번이나 깜박여야 했다.

그때였다.

사운평이 검기 사이로 우장을 내밀고, 도기가 머리카락을 두어 가닥 자르며 지나가자 좌수를 벼락처럼 뻗었다.

사람들의 눈에는 그 모습이 마치 사운평의 환영이 춤을 추는 것처럼 보였다.

그 직후, 쾅! 소리와 함께 한 사람이 날아가고, 다른 한 사람은 목덜미를 잡혔다.

"크억!"

"가만있으쇼. 힘주면 목뼈가 부러질 수 있으니까."

"뭐, 뭐야, 저 자식?"

소청은 자신의 눈을 의심했다.

절정고수인 오령사위 중 둘이라면 자신도 승리를 장담할 수 없다.

그런데 살수나부랭이에게 당하다니.

아마도 환술처럼 보이는 신법 때문인 듯하다.

그 신법만 조심한다면…….

"오냐, 이놈. 내가 상대해주마!"

오기가 생긴 소청은 옆구리에서 두 자루 소도를 빼들고 앞으로 나섰다.

"그만하쇼."

한쪽에서 팔짱 끼고 구경하던 막귀붕이 소청을 말렸다.

"흥! 막귀붕, 네가 대신 나서기라도 하겠다는 거냐?"

"내가? 창피해서 말하지 않으려고 했는데, 한마디만 하겠소. 만약 문주가 내 적이라면 나는 뒤도 돌아보지 않고 도망칠 거요."

"뭐?"

막귀붕은 소청 자신의 아래가 아니다. 정식 무공만 따진다면 자신보다 강할지도 모른다.

그런데 뭐라? 무작정 도망쳐?

하지만 진짜 충격은 그 다음이었다.

"검종 금우경도 꼬리를 마는데, 난들 별 수 있소?"

"……!"

"듣기로는 등초력도 깨졌다고 하니 나야 창피할 것도 없지."

소도를 든 소청의 손이 가늘게 떨렸다.

사실이라면 복수는커녕 창피만 당할 게 뻔하다.

아니…… 죽을지도 모른다.

놈은 암천살객의 제자가 아닌가.

소청은 슬쩍 좌우를 둘러보았다.

언송초가 한심하다는 표정을 짓고 있다.

다른 사람들은?

느긋하게 구경만 한다. 저 젊은 놈을 조금도 걱정하지 않고.

'지이미, 똥 밟았군.'

이러지도 저러지도 못하고 있는 그를 언송초가 구해주었다.

"소가야, 이제 그만하고 안으로 들어오지 그래? 아직 금액을 결정 짓지 못했잖아?"

소청은 기회를 놓치지 않았다.

"으음, 좋아, 사적인 일 때문에 논의가 거의 다 끝난 일을 그만둘 수는 없지. 너와의 일은 나중에 다시 논하마."

사운평과 소청은 다시 안으로 들어가서 마주앉았다.

두 사람 사이에 살얼음이 얼었다.

"천 냥."

"삼백 냥."

"칠백 냥."

"금자 칠백 냥이 옆집 강아지 이름인 줄 아쇼? 삼백 냥도 많이 부른 거요."

"아무리 그래도 삼백 냥은 너무 적다. 네가 말한 일을 제대로 하려면 적어도 오십 명은 동원해야 하는데……."

"좋습니다. 그럼 특별히 백 냥 더 드리죠. 금자 사백 냥. 어떻습니까?"

"나도 양보할 테니 오백 냥만 내놓아라."

"아 글쎄……."

"그 돈 안 주면 나도 못해! 안 해!"

소청이 빽 소리치고는 심통 난 아이처럼 입술을 삐죽였다.

사운평도 그쯤에서 한발 양보했다.

"후우, 알겠습니다. 어쩔 수 없죠."

"그럼 오백 냥으로 결정을……."

"사백 오십 냥."

"……."

"저도 마지막입니다. 더는 죽어도 못줍니다. 차라리 냄새가 좀 나도 개방과 협상을 하고 말죠."

"지독한 놈."

소청이 질렸다는 표정으로 사운평을 노려보았다.

그만 그런 것이 아니었다. 주위에 있던 사람들도 입에서 한숨이 터져 나올 것 같은 표정들이었다.

금자 수천 냥을 입에 달고 살던 사운평이 아닌가.

하물며 오령문에 맡기려는 임무는 수천 냥짜리 청부보다 결코 쉬운 일이 아니다.

그런데도 오십 냥을 더 주지 않으려고 저 야단이라니.

하지만 두어 사람은 그런 사운평을 보며 감탄했다.

'소가가 졌군. 내 그럴 줄 알았다니까.'

'역시 오빠야. 돈 많다고 헤프게 쓰는 남자는 진짜 싫은데.'

강호 정보업계에서 다섯 손가락 안에 드는 오령문이 천해문에 정보를 대주는 하수인으로 전락한 것은 바로 그날부터였다.

*　　　*　　　*

"헉, 헉, 헉……."

임풍의 입에서 거친 숨소리와 허연 김이 뿜어졌다.

심장이 터질 듯했다.

하지만 그는 걸음을 멈추지 않았다.

멈출 수가 없었다. 걸음을 멈추는 순간 죽음의 올가미가 씌워질 테니까.

"이제 그만 내려줘요, 임 의원님. 혼자 걸어가 볼게요."

"괜찮아. 훅, 훅, 아직은… 아직은 견딜 수 있어."

낙양성 서문을 벗어나 북쪽으로 반 시진쯤 올라갔을 때 놈들에게 꼬리를 잡혔다.

그때부터 만 하루, 끈질긴 추적에 시달렸다.

다행히 사망자는 나오지 않았지만, 몸 상태는 당장 쓰러져도 이상하지 않을 정도였다.

초혜는 임풍의 힘을 덜어주기 위해서 가끔 혼자 달렸는데, 산길을 달리던 중 발을 헛딛고 말았다.

그때 무릎과 발목을 다쳐서 걷는 것조차 고통스러워했다.

임풍은 자신의 심장이 터지더라도 그녀가 고통스러워하는 모습을 보고 싶지 않았다.

"죄송해요, 저 때문에……."

"그런 말… 하지 마. 훅, 훅, 정말, 정말 괜찮다니까?"

거친 숨을 몰아쉬는 임풍의 눈꺼풀이 잘게 떨렸다.

'나는 너를 위해서라면 무슨 일이든 할 수 있다, 초혜야. 이 정도 힘든 것은 나에게 행복이야.'

그때 앞서서 달리던 갈원이 말했다.

"저 위쪽에서 쉬었다 가세."

온몸이 피로 젖은 그도 몸 상태가 말이 아니었다.

그가 가리킨 곳은 이백여 장 앞쪽의 언덕 위. 그곳에는 몸을 숨기기에 적당한 크기로 풀이 자라 있었다.

또한 지형이 높아서 추적자들의 동태를 살피기에도 좋은 위치였다.

언덕 위 풀밭에 몸을 숨긴 천해문 사람들은 몸부터 치료했다.

치료라고 해봐야 옷을 찢은 천으로 상처를 감싸는 정도였지만.

부상이 제일 심한 사람은 궁탁.

그는 얼마 전, 은천령에게 쫓길 때와 비슷한 상태였다.

그의 상처 중에는 언소소 때문에 생긴 상처가 세 군데나 되었다.

모두가 깊은 상처였다. 그 상처에서 흘러나온 피가 그를 완전히 혈인으로 만들었다.

하지만 그는 입을 꾹 다문 채 표내지 않고 묵묵히 상처를 치료했다.

"제가 해드릴게요."

언소소가 미안해하는 표정으로 궁탁의 상처를 돌봐주겠다고 나섰다.

궁탁은 거부하지 않았다. 어차피 자신의 상태로는 천으로 상처를 싸매는 것조차 힘들었다.

임풍도 자신의 상처는 놔둔 채 초혜의 발부터 살펴보았다.

"다행히 뼈는 이상이 없는 것 같다. 조심하면 곧 나을 거야."

"저는 참을 만하니까 임 의원님 상처부터 치료해요. 제가 도와드릴게요."

"그, 그래."

임풍이 어깨를 대충 감싼 피 묻은 천을 풀어내자, 초혜가 상처 부위를 살펴보았다.

가슴에서 어깨까지 갈라진 상처는 그녀가 생각했던 것보다 훨씬 깊었다.

그 상처에서 흐른 피가 가슴 앞을 적시고 흘러내려서 다리마저 피로 절어 있었다.

움직일 때마다 얼마나 고통스러웠을까.

그런데도 신음 한마디 흘리지 않고 자신을 업고 오다니.

지난 몇 시진을 돌이켜본 초혜는 가슴이 먹먹했다.

'바보같이……'

그녀는 자신의 옷자락 끝을 찢어서 상처를 싸맸다.

임풍은 상처를 싸매고 있는 초혜를 물끄러미 바라보았다.

머리카락이 흐트러져 있고 땀과 먼지로 범벅이 되어 있는데도 그녀는 숨쉬기 힘들 정도로 아름다웠다.

그래서 더 가슴이 아렸다.

'좀 더 일찍 내 마음을 말해볼 걸 그랬어.'

싫어할지라도 말했어야 했다.

그런데 용기를 내지 못하고 미적거리는 사이, 그녀의 가슴은 다른 사람으로 꽉 차버렸다. 자신이 비집고 들어갈 자리가 없을 정도로.

'너를 이렇게 바라보고 있는 것만으로도 행복한데⋯⋯.'

그때 갈원이 착잡한 표정으로 사람들을 둘러보며 말했다.

"놈들은 아직 포기하지 않았을 거네. 대충 치료하고 이곳을 벗어나세."

"어디로 갈 거요?"

낙수교가 물었다. 그는 한쪽 팔이 핏물에 담갔다 빼낸 듯 시뻘겋게 물들어 있었다.

갈원은 언덕 너머를 바라보았다.

저 멀리 대지에 거대한 황룡이 누워 있었다. 황하였다.

"황하를 건너가는 게 어떻겠소?"

낙수교의 표정이 일그러졌다.

황하 이북에서 죽다가 살아난 지가 얼마 되지도 않았지 않은가.

"차라리 서쪽으로 가면 어떻겠소?"

"우리 몸 상태로는 놈들의 추적을 따돌리기가 쉽지 않소. 하지만 황하를 건너면 놈들도 쫓아오기가 쉽지 않을 거요."

"황하 이북에는 삼비총을 무너뜨린 놈들이 있지 않소?"

"등하불명이라 했소. 놈들도 우리가 설마 황하를 건널 거라고는 생각지 못할 거요."

갈원이 차분하게 자신의 생각을 말하자, 궁탁이 찬성했다.

"저는 갈 대협의 의견에 찬성합니다."

막 천의 매듭을 묶은 초혜도 찬성했다.

"그래요. 문주님도 황하를 건너갔잖아요. 몸을 치료하고 문주님을 찾아가요."

낙수교도 더 이상 반대하지 않았다.

"좋소, 좋아. 가자고! 지미, 나도 그 인간에게 '가운데 다리 없는 개새끼'라는 소리는 듣기 싫으니까."

第四章

폭풍의 눈

한겨울 추위가 한풀 꺾이기 시작하던 이월 초.

찬바람 대신 비릿한 피 비린내가 나는 혈풍이 불기 시작했다.

마침내 천화궁의 공격이 시작된 것이다.

천화궁은 오랜 세월 외부에 구축해 놓았던 비밀지부를 이용해서 신궁과 백군맹의 귀와 눈을 막고 칠성문과 광운보를 공격했다.

결국 같은 날, 백군맹의 장치지부인 칠성문과 임분지부인 광운보가 풍비박산 나며 무너졌다.

적어도 신궁과 백군맹의 사지 중 하나가 잘린 셈이었다.

그 이후 천화궁은 장치와 임분 일대를 빠르게 수습해서 산서 남단을 손아귀에 넣었다.

신궁에 그 소식이 전해진 것은 칠성문과 광운보가 피로 잠긴 지

이틀째 되던 날이었다.

한겨울 고요함에 잠겨 있던 신궁이 발칵 뒤집혔다.

상관종산은 즉시 주요 간부들을 신궁의 주 대전인 구양전으로 불러 모았다.

"놈들이 활개 치며 칠성문과 광운보를 공격할 동안 백군맹에선 무얼 했단 말이냐!"

상관종산이 분기를 참지 못하고 감정을 그대로 드러냈다.

기소명이 입술을 깨물며 말했다.

"너무나 갑작스런 공격이어서 도와주지도 못한 모양입니다."

"빌어먹을! 겨울이어서 움직이지 않을 줄 알았거늘……."

"백군맹에선 정예무사 삼백을 먼저 대정검문에 파견했는데, 맹주인 철무궁도 곧 나설 거라 합니다."

"우리도 가만히 있을 수 없지. 당장 움직일 수 있는 무사가 어느 정도 되는가?"

"오단 중 제웅단과 백룡단은 바로 움직일 수 있습니다."

신궁의 오단은 대외무력단체다.

숫자는 각 단마다 오십에서 칠십 명 정도로 그다지 많지 않았다.

그러나 개개인이 일류급 고수이기에 일 개 단만으로도 어지간한 문파쯤은 한 시진 만에 쓸어버릴 수 있는 전력이었다.

"좋아, 곽 장로."

"예, 궁주."

상관종산의 오른쪽에 서 있던 육순 가량의 노인이 고개를 돌리며 대답했다.

신궁의 십대장로 중 하나로 십여 년 전만 해도 산서제일검으로 불렸던 여량신검(呂梁神劍) 곽산이 바로 그였다.

"곽 장로가 장로 다섯과 그들을 데리고 가서 먼저 백군맹에 합류하시오."

"알겠소이다."

"종수."

상관종산이 이름을 부르며 왼쪽을 바라보았다.

그가 바라보는 곳에는 갓 사십이 되었을까 싶은 중년인이 서 있었다.

단아하고 고요한 풍모를 지녀서 무인이라기보다 관리처럼 느껴지는 그는 상관종산의 이복동생인 상관종수였다.

"예, 궁주."

그는 절대 상관종산을 '형님'이라고 부르지 않았다.

아니, 부르면 안 되었다.

어릴 때는 '대공자', 나이 스물이 넘어서 상관종산이 궁주 위에 오른 후부터는 '궁주'였다.

멋모르고 남 앞에서 형이라고 불렀다가 죽기 직전까지 두들겨 맞은 아홉 살 이후, 그는 형이라는 이름을 버렸다.

그리고…… 가슴 속 깊은 곳에서 한 가지 꿈을 키웠다.

"무룡대가 나서야할지도 모르니 준비를 해놓고 명을 기다려라."

무룡대는 신궁 최강의 무력단체다.

백 년 넘게 구양가를 위해 존재해온 진골들만으로 이루어진 백 명의 무사들.

그들이 나선다는 것은 신궁의 최대 위기가 도래했다는 뜻이다.

상관종수는 무심한 눈빛으로 천천히 고개를 숙였다.

"알겠습니다, 궁주."

*   *   *

신궁이 분주하게 움직이고 있을 즈음.

백군맹의 맹주전 이 층에서는 두 사람이 마주앉아 차를 마시고 있었다.

장대한 체구, 삭풍에 그을린 듯 거친 얼굴의 거무스름한 쉰 살가량의 중년인과 호리호리한 몸매에 입술이 얇은 사십 대 중반의 중년인.

그들은 백군맹의 맹주인 철무궁과 군사인 방민이었다.

그런데 두 사람의 대화가 기이했다.

"신궁에서 어떻게 나올 거라고 보는가?"

"최소한 삼 할 이상의 전력을 출동시킬 겁니다."

"그 정도로 천화궁을 상대할 수 있을까?"

"아마 시차를 두고 더 많은 무사들이 나올 겁니다."

"적어도 오 할의 전력은 나와야 하네. 그래야 우리 계획이 성공할 수 있어."

"상관종산은 침착하고 뛰어나지만 자존심이 무척 강합니다. 천화궁 궁주인 동방진이 직접 나왔다는 걸 알면 그도 나오지 않을 수 없을 겁니다."

"대령주는 어떻게 나올 것 같은가?"

"아마 건곤일척의 상황으로 몰고 갈 겁니다."

"재미있군, 재미있어. 봄이 되면 따뜻한 햇살보다 피냄새가 먼저 산서를 뜨겁게 달구겠군."

"맹주께서 산서의 진정한 패자가 되는 날이 머지않았다는 뜻이지요."

철무궁이 자리에서 일어났다.

창문을 향해 몸을 돌린 그에게서 패도적인 기세가 흘러나왔다.

"상관종산은 나를 무시하지 않았어야 했어. 그가 나를 인정해주기만 했어도 이렇게까지는 할 필요가 없거늘……."

이십 년 전의 이야기다.

당시 상관종산은, 세상에 거칠 것이 없다는 듯 산서를 휘젓던 그를 남들 앞에서 무릎 꿇게 했다.

그저 자신의 위치를 남들에게 알리기 위해서.

아무리 날뛰어도 너는 내 종에 불과하다는 듯.

무릎을 꿇은 철무궁은 그때 입술을 깨물며 결심했다.

언제든 기회가 오면 상관종산을 자신 앞에 무릎 꿇리겠다고.

"맹주, 마지막까지 방심해서는 안 될 것입니다. 맹 내에는 상관 종산의 개들이 아직 많습니다."

"나도 안다. 내가 왜 신궁의 무서움을 모르겠느냐?"

태원 철가를 백 년 동안 무릎 꿇린 그들이 아닌가.

하지만 이제 얼마 남지 않았다.

"방민, 대령주에게 전해라. 약속대로 움직일 거라고."

"예, 맹주."

무겁게 고개를 숙이는 방민의 날카로운 눈에서 싸늘한 한광이 번뜩였다.

*　　　*　　　*

오령문의 정보망은 언송초가 장담했던 것 이상으로 정확하고 빨랐다.

덕분에 산서에서 벌어진 일이 시시각각 사운평의 귀에 들어갔다.

전청에서 차를 마시고 있던 사운평은 소청이 보낸 오령문 무사의 보고를 듣고 냉소를 지으며 고개를 들었다.

"드디어 시작되었군요."

"천화궁이 작정하고 일을 벌였어."

언송초가 인상을 잔뜩 쓰고 중얼거렸다.

"이제 시작이죠. 신궁과 백군맹이 움직이면 본격적인 전쟁이 벌어질 겁니다."

"천화궁이 그들을 감당할 수 있을까?"

"천화궁도 그동안 계곡에 처박혀서 놀고만 있었던 건 아닙니다. 외부에도 나름대로 세력을 구축하고 있었죠."

그들이 신궁과 백군맹의 귀와 눈을 가리지 않았다면 칠성문과 광운보가 그리 맥없이 무너지지 않았을 것이다.

"은천령이 천화궁의 움직임을 모르진 않았을 텐데, 왜 그냥 두었다고 보나?"

삼불자가 물었다.

사운평은 마치 답을 준비하고 있었다는 듯 바로 대답했다.

"힘의 균형을 맞추기 위해서 그런 거겠죠."

"정말 무섭군."

사운평의 말뜻을 바로 이해한 언송초가 고개를 설레설레 저었다.

힘이 엇비슷해야 피해도 커진다.

피해가 커져서 힘이 약화되면 어느 쪽이든 은천령의 적수가 되지 못할 것 아닌가.

공멸. 그거야말로 은천령이 바라는 바다.

다른 사람들은 굳은 표정으로 입을 꾹 다문 채 사운평만 쳐다보았다.

천하가 피바람에 휘말리고 있는데도 표정 한 점 변화가 없다.

도대체 저 인간의 가슴은 무엇으로 이루어져 있을까.

문득 그게 궁금해졌다.

하지만 한 사람, 예리상은 다른 생각에 골몰해 있었다.

칠성문이 무너졌다면, 칠성문주인 남학은 어떻게 되었을까?

그자는 반드시 자신의 손으로 처단해야 하거늘!

그런데 마치 그의 마음을 꿰뚫어본 듯 사운평이 오령문 무사에게 물었다.

"칠성문 문주인 남학은 어떻게 되었죠?"

"측근들과 함께 빠져나갔다고 합니다."

오령문 무사의 대답에 예리상의 눈빛이 칼날처럼 빛났다.

'다행이군.'

그때 뒷마당에서 조연홍이 안으로 들어왔다.

"대형, 영호 노선배께서 돌아오셨습니다."

사운평의 눈빛이 순간적으로 번뜩였다.

"제때 오셨군."

제때?

사람들은 특별할 것 없는 그 말을 듣는 순간 왠지 불안한 마음이 들었다.

사운평의 입에서 나온 말이기 때문이다.

더구나 저 번뜩이는 눈빛은 금방이라도 무슨 일을 저지를 것 같지 않은가.

영호명은 처음 보는 두 사람과 함께 왔다. 육환과 공산삼호는 보이지 않았다.

함께 온 자들은 삼십 대 중반쯤으로 보였다. 은은한 정광이 흘러나오는 눈만 봐도 범상치 않게 느껴지는 자들.

"다녀오셨어요, 할아버지?"

이연연이 환한 웃음을 지으며 영호명을 반겼다.

그런데 영호명의 표정이 밝지 않았다.

"그래. 마침 다들 모여 있었구나."

이연연은 영호명의 표정만 보고도 심상치 않은 일이 있음을 눈치챘다.

'산서의 일 때문에 그런가?'

그럴지도 모른다. 영호명은 그간의 사정을 모를 테니까.

"인사하게. 여기 이 친구들이 설편자와 삼불자네."

영호명의 말에 두 장한이 포권을 취했다.

"운성 양가보의 양산명이라 합니다."

"양산호입니다."

표정은 밝지 않았다. 말투도 형식적이고.

상대가 설편자 아닌가. 정파의 무사로서는 인사도 나누고 싶지 않은 사기꾼.

언송초는 그들의 마음을 크게 신경 쓰지 않았다.

그런 표정을 어디 한두 번 대해봤나?

"반갑구먼."

그는 두 사람을 향해서 고개만 살짝 끄덕이며 대충 인사말을 건네고 곧장 영호명에게 물었다.

"갔던 일은 잘 되셨소?"

"다행히 나쁘지는 않았네."

"근데 표정이 왜 그렇게 어두운 거요?"

다른 사람들도 이연연처럼 산서의 일 때문일 거라 생각했다.

하지만 자리에 앉은 영호명의 입에서 나온 말은 산서의 일과 전혀 상관없었다.

"사 문주, 먼저 공적인 일부터 말하겠네."

사운평은 그 말을 듣는 순간 가슴이 싸한 느낌이 들었다.

"말씀하시지요."

"강호의 친구 십여 명이 정식으로 이번 일에 나섰네. 그중에는 창천문의 호 형도 포함되어 있지."

언송초의 눈이 커졌다.

창천신도(蒼天神刀) 호제문, 그는 칠절 중 하나로 도절이라고도 불렸다.

절대경지에 다가선 고수 한 명이 얼마나 중요한지 언송초가 왜 모를까. 그만큼 자신의 위험이 줄어드는데.

"호오, 호 형이 가세하면 정말 큰 힘이 되겠구려. 정말 수고가 많으셨소, 영호 형."

하지만 언송초가 좋아하기에는 아직 일렀다.

"그리고…… 검성장의 사공 형도 한손 거들겠다는군."

그 말이 나오자 언송초가 펄쩍 뛰었다.

"사공 늙은이도 나섰단 말이오?"

"그렇다네."

"빌어먹을. 그 늙은이가 웬일이지?"

검성 사공청우. 그에게 도라지를 산삼으로 속여서 팔지 않았던가.

그 일로 검성장에 쫓긴 적도 있고.

"사공 형과 무슨 일이라도 있었나?"

"무슨 일은? 그냥 약초 하나 판 것밖에 없소."

바보같이 왜 썩을 때까지 그냥 놔둬?

언송초는 속으로 투덜거리며 그쯤에서 말을 돌렸다.

"공적인 일은 그렇다 치고, 사적인 일은 또 뭐요?"

영호명이 바로 대답하지 않고 사운평을 직시했다.

갑자기 분위기가 무겁게 가라앉았다.

"여기 이 두 사람이 낙양 쪽을 지나오다가 들은 소식이 있네. 판단은 자네가 알아서 내리게. 산호, 자네가 말해주게나."

영호명이 이야기를 양산호에게 넘겼다.

양산호가 말했다.

"중조산에서 나온 우리는 공의로 가는 길에 잠시 낙양에 들렀소. 그런데 낙양의 분위기가 워낙 안 좋아서 다음 날 바로 낙양을 나왔소."

낙양의 분위기가 안 좋다?

사운평은 굳은 표정으로 양산호를 바라보았다.

"많은 무사들이 낙양 일대를 뒤지고 있었는데, 알고 보니 천의산장과 남화장 무사들이었소. 그리고 나중에는 검천성 무사들까지 동원되어서 낙양 외곽을 샅샅이 훑고 있었소."

"그들이 뭘 찾고 있던 거요?"

사운평이 긴장한 목소리로 물었다. 왠지 느낌이 좋지 않았다.

"점소이에게 들으니 동학로 쪽 장원에서 살인사건이 났다는 거요. 사람이 많이 죽었는데, 천의산장과 남화장, 검천성 무사들이 당시 살아난 사람을 찾고 있다고 했소."

동학로?

사람이 많이 죽었다고?

사운평뿐만 아니라 방 안의 대다수가 눈을 부릅떴다.

"혹시…… 살인사건이 났다는 곳에 대해서 들은 건 없소? 가령 장원 이름이라도……."

"장원의 이름은 잘 모르고…… 점소이 말로는 추관의 옆집이라고……."

양산호는 말을 하다 말고 입을 다물었다.

소름끼치는 한기. 온몸이 얼음구덩이에 빠진 듯했다.

입을 뻥긋하면 입술이 깨져버릴 것만 같은 느낌. 그 지독한 한기의 근원은 사운평의 눈이었다.

"추관의 옆집에서 살인사건이 났다?"

나직한 목소리이건만 듣는 사람들은 자신도 모르게 몸을 부르르 떨었다.

"많은 사람이 죽었단 말이지? 몇 사람은 살아서 도망치고?"

"오빠……."

이연연이 겨우 입을 열어서 사운평을 진정시켰다.

이를 악다문 사운평이 그녀를 바라보았다.

"연연아, 아무래도 천해장 같지?"

"예, 아무래도…… 그런 것 같아요."

"이…… 개, 쌍!"

사운평의 모습이 그 자리에서 거짓말처럼 사라졌다.

사람들이 놀랄 틈도 없었다.

오죽하면 영호명조차 흠칫하다가 고개를 방문 쪽으로 홱 돌렸다.

그때 사라졌던 사운평이 다시 나타났다.

"연연이 너는 영호 노선배 옆에 꼭 붙어 있어. 알았지?"

"예? 예, 오빠……."

"호우 형은 연연이 잘 지키고!"

"어? 어, 알았어."

"다른 사람은 따라오든가 여기 남든가, 알아서 하쇼!"

빠르게 말을 내뱉은 사운평이 흐릿해지는가 싶더니 다시 사라졌다.

그야말로 가공할 만한 신법이었다.

하지만 사람들은 그의 신법에 놀랄 여유도 없었다.

"천의산장에서 철저히 감시하고 있었을 텐데, 어떻게 그런 일이……?"

언송초가 중얼거리자, 삼불자가 자신의 생각을 말했다.

"어쩌면 우리 몰래 처리하려고 했을지도 모르지."

"대공은 소탐대실할 정도로 어리석은 사람이 아니에요."

이연연이 고개를 저었다.

그녀가 아는 공손무곡은 두려울 정도로 냉철했다. 자신의 목적을 위해서라면 복수까지도 포기할 수 있는 사람.

그런 사람이 왜 이득도 없는 일을 벌인단 말인가?

"언 노선배님, 지금 그 이야기할 때에요? 대형! 함께 가요!"

조연홍이 빽 소리치고는 방에서 뛰쳐나갔다.

그제야 언송초도 화들짝 놀라서 벌떡 일어났다.

"아차! 우리 소소! 이놈아! 같이 가자!"

*　　　*　　　*

"도대체 어디로 간 거지?"

사마중염은 보고서를 읽으며 이마를 찌푸렸다.

천해장이 공격받은 지 닷새째. 장로 셋을 지휘자로 삼아서 낙양 일대를 수색했고, 그동안 수많은 보고가 올라왔다.

그러나 어느 곳에서도 생존자에 대한 내용은 없었다.

이미 멀리 떠나버린 걸까?

그렇다 해도 그들의 행적 정도는 남아야 정상 아닌가?

그가 의문을 가진 것은 그 때문이었다.

심지어 천해장을 공격한 자들에 대한 단서조차 없었다.

공격한 자나 공격받은 자나 어떻게 이렇게 완벽하게 사라질 수 있단 말인가?

"후우우."

자리에서 일어난 그는 창밖을 바라보았다.

그는 생존자를 찾기 시작하면서부터 남화장이 아닌 동학로 입구 쪽 운상객잔의 이 층에 머물렀다.

천해장 사건을 조금이라도 가까이서 접하고 싶기 때문에 내린 결정이었다.

검천성 무사 중 반 가까이가 그곳에서 지냈는데, 천의산장의 눈치를 보는 남화장보다 차라리 마음이 편했다.

"대공자, 안에 계신가?"

누군가가 방문 밖에서 그를 불렀다.

"들어오시죠."

방문이 열리고 사십 대 중년인이 안으로 들어왔다.

사마중엽와 함께 온 검천성의 장로 셋 중 가장 젊은 비영검객 손양태였다.

주철위는 그를 붙여주며 반드시 자신의 사람으로 얻으라 했다.

그만큼 뛰어난 자라는 말이었는데, 사마중염도 주철위의 판단을 인정했다.

손양태는 세상에 알려진 것보다 출중한 능력을 지니고 있었다.

특히 그는 무공보다 지모가 뛰어나서 사마중염도 그와 몇 번 이야기를 나눈 후 매료되지 않을 수 없었다.

"앉으시지요."

손양태가 의자에 앉자, 사마중염이 직접 차를 따라주었다.

"이 밤에 어쩐 일이십니까?"

"나 혼자 결정내리기가 쉽지 않아서 찾아왔네."

"말씀하시지요."

"대공자는 천해장을 공격한 자들을 왜 이렇게 알아내기 어렵다고 생각하나?"

"저도 그게 의문입니다. 혹시 생각해 보신 거라도 있으신지요?"

"모든 보고를 펼쳐놓고 정리해 봤는데, 아무리 생각해봐도 결론은 하나뿐이네."

"뭡니까?"

"그들은…… 천의산장을 너무 잘 아네. 모든 걸 속속들이."

사마중염의 표정이 서서히 굳어졌다.

"그 말씀은? 설마……?"

고개를 천천히 끄덕인 손양태가 말했다.

"맞아. 천의산장과 깊은 관계에 있는 자들이 아니라면, 자신들의 행적을 이토록 완벽하게 감출 수 없어. 아니, 어쩌면…… 단순히 관계있는 정도가 아닐지도 모르지."

"그게 얼마나 위험한 말씀인지 모르시진 않을 겁니다."

"나도 아네. 그래서 말할까 말까 망설였지. 하지만 자네라면 내 말을 이해할 것 같더군."

사마중염은 손양태를 뚫어지게 바라보더니 나직이 말했다.

"장로님의 말씀을 들으니 의문 하나가 풀렸습니다."

"그런가? 다행이군."

"문제는 그 일을 해결할 방법을 찾기가 쉽지 않다는 거군요."

"나 역시 그 점 때문에 머리가 지끈거리네."

"도대체 천의산장과 계약했다는 내용이 뭐기에 그런 일을 저질렀을까요?"

"어쩌면 그게 핵심일지도 모르지."

하지만 공손무곡은 정확한 내용은 알려주지 않았다.

왜?

검천성을 믿지 못하겠다는 건가?

"일단은 저와 단 둘이서만 아는 것으로 하고 조용히 지켜보지요. 아마 범인들도 돌아가는 상황이 궁금해지면 어둠 속에서 기어 나올 겁니다."

"당장은 그 수밖에 없겠지."

입안이 바짝 마른 사마중염은 다탁 위의 찻잔을 들어서 입을 축였다.

그러고는 자신이 품고 있는 두 번째 의문에 대해 말했다.

"그런데 생존자들은 어디로 숨었는지 도통 알 수가 없군요. 서문을 나선 이후로 흔적이 완전히 끊겼습니다."

"원인은 두 가지 정도가 있네. 하나는 저들이 완벽하게 흔적을 지웠다는 것. 또 다른 하나는 우리가 뭔가를 놓치고 있는데 미처 생각하지 못하고 있다는 것이지."

"또 다른 숙제가 하나 생겼군요."

"그럼 쉽게나."

사마중염은 손양태가 돌아간 후 눈을 반쯤 감고 허공을 바라보았다.

'대공은 천해문과 무슨 계약을 한 걸까?'

그것만 알아도 매듭이 풀릴 것 같은데……

*　　　*　　　*

학벽에서 낙양까지 가장 빠른 길로 가면 천 리 정도 된다.

사운평이 마음먹고 달리면 하루에도 갈 수 있는 거리.

하지만 길이 꼬불꼬불하고 황하를 건너야하기 때문에 실제 걸리는 시간은 그보다 더 된다고 봐야 했다.

게다가 식사도 해야 하고.

하지만 사운평은 밥도 안 먹고, 쉬지도 않고 달렸다.

발바닥이 땅에 닿지도 않았다. 주위 풍경이 획획 지나갔다.

그가 지금까지 경공을 펼치며 달린 때 중 가장 빠른 속도였다. 그리고 가장 열심히 달렸다.

덕분에 석양을 바라보며 황하를 건널 수 있었다.

그날따라 석양빛이 유난히 붉어서 황하가 핏빛으로 물들었다.

사운평이 건너편에 도착했을 때쯤 어둠이 깔리기 시작했다.

황하를 건너며 소모된 공력을 회복한 그는 밤길을 달려서 곧장 낙양으로 향했다.

수많은 생각이 머릿속에 떠올랐다 사라졌다.

썼다 지우고, 썼다 지우고…….

정말 천해장에 남았던 사람들이 죽은 걸까?

혹시 천의산장에서 저지른 짓 아닐까?

아니라면 누가 저지른 짓이지?

누가 저질렀던 상관없었다.

'어떤 개자식들이든, 천해장 사람들을 죽인 자들은 오늘 이후 두 발 뻗고 잠을 자지 못할 거다.'

성문도 열리지 않은 이른 새벽.

낙양성 성벽을 날아서 넘은 사운평은 지붕 위를 스치듯 날아서 동학로로 들어갔다.

그리고 잠시 후에는 천해장 마당에 내려섰다.

사운평은 마당에 서서 한동안 움직이지 못했다.

"어떤 개·새·끼·들·이……."

그의 입술 사이로 뚝뚝 끊어진 나직한 목소리가 흘러나왔다.

방문이 부서져서 새벽바람에 덜렁거렸다.

마당 여기저기 고여서 굳어 있는 검게 변색된 핏물.

혈풍이 휩쓸고 간 천해장은 귀가처럼 썰렁했다.

그는 입술을 깨물고 방 안으로 들어갔다.

어지럽게 널린 물건들이 그 안에서 무슨 일이 벌어졌는지 말해주고 있었다.

가장 치열함이 느껴지는 곳은 뒷마당 쪽이었다.

고수들의 싸움으로 정원은 완전히 파괴되다시피 했고, 사방에 검게 변색된 피가 흩뿌려져 있었다.

집 안을 대충 둘러본 사운평은 이를 악물고 주먹을 불끈 쥐었다.

'어떤 개새끼들인지 몰라도, 너희들 사람 잘못 건드렸어!'

그때였다.

인기척이 그를 향해 다가왔다.

모두 다섯. 사운평은 천천히 돌아서서 다가오는 인기척을 맞이했다.

"누군데 꼭두새벽부터 이곳에 들어온 거냐?"

다가오던 자들 중 하나가 물었다.

사운평은 그들이 검천성 복장을 하고 있는 걸 보고 냉랭히 답했다.

"이곳은 내 집이야."

"그대 집이라고?"

검천성 무사 중 삼십 대로 보이는 자가 의심의 눈빛을 보이며 이마를 찌푸렸다.

"그래. 내 집."

"그럼 그대가 운평?"

"잘 아는군. 그런데 검천성 사람들이 여긴 왜 들어와 있지?"

점점 싸늘해지는 사운평의 말에 검천성 무사들은 가슴이 싸늘하게 식었다.

그들도 들은 적이 있었다.

운평. 내로라하는 천의산장의 고수들도 그를 말할 때 표정이 굳어진다.

들리는 소문으로는 금우경과 사공학조차 그를 이기지 못했다고 하지 않던가.

삼십 대 무사는 겨우 숨을 몰아쉬고 사운평의 질문에 답했다.

"우린 상부의 명을 받고 이곳을 지키고 있소."

"천의산장이 명을 내렸는가?"

"그렇소."

"당신이 이곳을 지키는 사람들의 수장인가?"

"아니오."

"그럼 누구지?"

그때였다.

"나요."

짧은 대답과 함께 한 사람이 건물 사이의 회랑에서 나타나더니 빠르게 다가왔다.

그를 본 사운평의 눈에서 싸늘한 이채가 번뜩였다.

나타난 사람은 다름 아닌 사마중염이었다.

"당신이 이곳에 있을 줄은 몰랐군."

사마중염은 사운평을 바로 알아보지 못했다.

하지만 곧 귀에 익은 목소리와 눈에 익은 체격을 대비시키고 눈이 점점 커졌다.

"자네는……?"

"오랜만이야."

사마중염은 입을 반쯤 벌리고 사운평을 뚫어지게 쳐다보았다.

잘생긴 이십 대 청년, 교활하고 뻔뻔한 성격, 강한 무공.

그게 사마중염이 들은 천해문 문주 운평에 대한 설명이다.

그가 아는 운정과 거의 일치하지 않는가.

'내가 왜 그걸 놓쳤지?'

정말 어이없는 실수였다.

"몰랐군. 자네가 운평이었다니."

"내가 누구인가는 중요하지 않아. 중요한 것은 천의산장이 왜 이곳을 지키라고 했는가 하는 거지."

"생존자가 돌아올지 모르기 때문이네."

"무엇 때문에? 그들을 마저 죽이려고?"

"우리가 왜 생존자를 죽인단 말인가?"

"입을 막고 싶을 수도 있지. 아니면 그들을 이용해서 나를 협박하고 싶었든가."

냉소적인 사운평의 말에 사마중염은 씁쓸한 표정으로 고개를 저었다.

"최소한 그런 일을 하려고 이곳에 있는 것은 아니네."

"그걸 어떻게 믿어?"

"내 이름을 걸지."

"흥! 당신 이름이 얼마나 대단해서?"

사운평의 냉소적인 말에 사마중염의 표정이 딱딱하게 굳어졌다.

"이름이 부족하다면…… 목숨을 걸지."

사마중염이 단호하게 말하자, 사운평도 더 이상 다그치지 않았다.

"뭐, 좋아. 설령 천의산장이 이번 일을 저질렀다고 해도 당신에게 잘못을 묻기는 좀 그렇군."

"자넨 천의산장이 이곳을 공격했다고 보나?"

"아니라면 말이 되지 않아. 천의산장에서 철저히 감시하고 있는 곳에 누가 들어와서 사람을 죽이겠어?"

"감시조가 교대하는 사이 침입했다고 하더군."

"흥! 그건 변명이 안 돼. 교대 시간이 얼마나 길어서 사람이 죽어가는 데도 몰라? 전부 귀머거리야? 싸움이 크게 벌어졌는데 아무도 듣지 못했어? 아니지, 누가 죽든 말든 신경을 쓰지 않은 건가?"

사마중염은 사운평의 신랄한 공격에 마땅히 대답할 말이 없었다.

그가 생각해도 이상한 일이었으니까.

"사실 나도 그게 의문이네."

"하긴 어쩌면 당신은 모를 수도 있지. 천의산장에서 비밀스런 일은 말해주지 않았을 수도 있으니까."

"그 점에 대해선 뭐라고 말하기가 그렇군."

사마중염이 씁쓸한 어조로 말했다.

천의산장으로부터 냉대를 받고 있는 입장. 그럴 여지가 전혀 없진 않았다.

"일단 죽은 사람들부터 찾아봐야겠어. 어디 있는 지 알아?"

"저 안쪽 창고 안에 모아놓았네. 내일까지 아무도 오지 않으면 공동묘지에 묻을 생각이었지."

"몇 사람이 죽었지?"

"다섯이네."

"혹시…… 어린아이나, 여인이나, 노인도 있어?"

그 질문을 할 때만큼은 사운평조차 턱에 힘을 주어야 겨우 떨림을 막을 수 있었다.

"노인은 있는데, 어린아이나 여인은 없네."

사운평은 가슴을 쓸어내렸다.

'휴우, 그나마 다행이군.'

사운평은 창고로 들어가서 시신을 살펴보았다.

시신은 피가 범벅된 거적과 천으로 덮여 있었는데, 날씨가 추워서 많이 상하지는 않은 듯했다.

그런데 세 번째 거적을 쳐들던 사운평의 눈매가 파르르 떨렸다.

눈에 익은 얼굴이 보였다. 피로 얼룩진 푸르스름한 안색의 중년인이.

그는 목뼈가 으스러져서 머리가 묘한 각도로 기울어져 있었다.

"이숙……."

그랬다. 목뼈가 으스러진 시신은 이문이었다.

이제 곧 지팡이 없어도 걸을 수 있으니 딸과 함께 여행이나 다녀야겠다며 그렇게 좋아했었는데…….

그리고 이문 옆에는 구광이 회칠을 한 것처럼 하얀 얼굴로 누워 있었다.

"내 반드시 회복해서 놈들에게 복수할 거네!"

이를 갈며 외치던 목소리가 아직도 귓전에서 맴돌고 있거늘…….

'빌어먹을!'

그때 뒤에서 사마중염이 물었다.

"모두 이곳 사람들인가?"

사운평은 말없이 느릿느릿 고개만 끄덕였다.

이문과 구광 외에도 만구점의 이가와 허드렛일을 하던 유씨 노인과 왕칠이 시신 속에 섞여 있었다.

"시신은 여기 있는 게 전부야? 혹시 더 없어?"

사운평은 떨어지지 않는 입을 열어서 묻고 싶지 않은 질문을 던졌다.

"피가 뿌려져 있는 걸 보면 몇 명은 더 죽은 것처럼 보이는데, 이상하게도 시신은 없네. 아무래도 범인들이 동료들의 시신을 가져간 것 같아."

그때 뒤쪽에 서 있던 삼십 대 무사가 말했다.

"대공자, 북문 쪽 골목에서 발견된 시신 한 구를 관이 처리했다고 들었는데, 아무래도 이곳과 연관된 자 같다는 생각이 듭니다."

"아! 맞아. 멀리 떨어진 곳에서 벌어진 일이라 깜박했군."

"누군지 알아?"

"관에서 처리하는 바람에 신분은 확인하지 못했네. 다만 나이가 사십 대 중후반쯤 된다고 하더군."

"밖에서 발견한 시신은 한 구 뿐이야?"

"내가 알기로는. 그건 그렇고, 잠깐 들어가서 이야기 좀 나누었으면 싶은데."

"왜?"

"물어볼 것이 있네."

사운평은 그의 요구를 순순히 받아주었다.

"따라와."

어차피 자신도 알고 싶은 게 많았다.

사운평은 안채 깊숙한 곳에 있는 자신의 방으로 사마중염을 안내했다.

그 방은 사람이 없었기 때문인지 그나마 별 피해를 입지 않았다.

그저 장식장에 있던 물건 몇 가지가 없어진 정도.

하지만 어차피 비싼 물건은 있지도 않았으니 아쉬울 것도 없었다.

등잔에 불을 붙인 사운평은 다탁을 가운데 두고 사마중염과 마주 앉았다.

사마중염이 시간을 끌지 않고 단도직입적으로 물었다.

"대공과 계약을 했다고 들었네. 그 계약의 내용을 알려줄 수 있나?"

"대공이 알려주지 않았어?"

사마중염의 얼굴에 씁쓸한 표정이 떠올랐다.

"나를 믿지 못하나 보네. 아니, 검천성을 믿지 않는다고 봐야겠지."

"하긴, 마음대로 좌우하기에는 검천성이 많이 컸지. 주 성주도 꼭두각시처럼 지내고 싶지는 않았을 테고."

사마중염은 그 말을 듣고 눈매를 꿈틀거렸다.

하지만 긍정도, 부정도 하지 않았다.

"그런가? 좌우간 계약 내용을 알았으면 하네만."

"못 알려줄 것도 없지. 내가 대공에게 왕옥산 무덤을 붕괴시킨 자들을 알려줬어. 그리고 그들을 찾아주겠다고 했지."

뜻밖의 말에 사마중염의 눈이 커졌다.

"그게 사실인가?"

"지금 거짓말할 이유가 없잖아?"

"그건 그렇군. 그럼 무덤을 붕괴시킨 자에 대해서 나에게도 말해 줄 수 있나?"

"알고 싶다면 알려주지. 대신 나도 조건이 있어."

"조건?"

"너무 긴장할 것 없어. 들어주지 못할 걸 요구할 생각은 아니니까."

"좋아, 일단 조건을 들어보지."

"어쩌면 그들의 힘이 천의산장에도 숨어 있을지 몰라. 그래서 말인데, 평상시와 다르게 행동하는 자가 있으면 알려 줘. 물론 다른 사람에는 누구에게도 말해선 안 돼."

사마중염은 사운평을 뚫어지게 바라보았다.

사운평의 말을 들으니 자신의 짐작에 더욱 확신이 섰다.

"받아들이지. 사실 나도 알아볼 게 있거든."

"아! 그리고 양천이란 사람 알지?"

"양천? 호천검위 양천을 말하는 건가?"

"맞아. 그가 어디에 있는지 알아?"

"그는 성에 있네. 성주부인의 추천을 받아서 호천검위 부위사장이 되었지. 그리고 지금은 성주부인의 호위를 책임지고 있네."

왠지 묘한 느낌이 들었다.

'공손가향이 그를 부위사장으로 추천했단 말이지?'

그때 사마중염이 말했다.

"나도 자네에게 한 가지 물어볼 것이 있네."

"뭘?"

"전에 줬던 금판, 설마 가짜를 준 것은 아니겠지?"

그 말이 떨어진 순간, 사운평이 버럭 짜증을 냈다.

"무슨 소리야? 그럼 내가 가짜를 만들기라도 했다는 거야? 뭘 모르는데, 그 금판은 문양이 워낙 정교해서 가짜를 만들려면 진짜보다 더 많은 돈이 들어갈걸?"

표정과 말투가 워낙 그럴 듯해서 사마중염은 더 이상 추궁하지도 못했다.

"정색할 것까진 없네. 그냥 궁금해서 물어본 것뿐이니까."

"왜 사람을 의심해? 기분 나쁘게."

"의심해서 그런 것이 아니라, 성주님께서 전의 것과 다른 느낌이라고 해서 물어본 것뿐이네."

　'제길, 눈도 좋군.'

　사운평은 그럴수록 더 진실을 감췄다.

　"좌우간, 난 금판을 돌려줬어. 그러니까 받은 돈도 돌려줄 수 없어."

第五章

기회란 자주 오는 게
아니다

　공손무곡은 특별한 일이 없는 한 동이 튼 직후에 일어나서 가볍게 운기를 한 후 다도를 즐겼다.

　그 일은 이십여 년 동안이나 계속된 그만의 습관이었다.

　그날도 그는 운기를 마친 후 다탁에 앉아서 차를 마셨다.

　주로 군산은침을 즐겼는데, 맑은 향기와 부드럽고 청량한 맛을 특히 좋아했다.

　그런데 그가 등황색 차를 한 모금 마시고 찻잔을 내려놓을 때였다.

　옅은 안개가 낀 남화장 별채의 앞마당에서 호통이 터져 나왔다.

　"웬 놈이냐?"

　"대공을 만나러 왔어."

　"정체를 밝혀라!"

"천해장의 주인."

공손무곡은 마시던 찻잔을 놓고 일어났다.

건방지면서도 싸늘함이 느껴지는 첫 말이 튀어나올 때부터 그는 상대의 정체를 눈치 채고 있었다.

방문을 열자 앞마당의 광경이 눈에 들어왔다.

호위무사 이십여 명이 한 청년을 에워싸고 있었다.

역시나 당당하게 서서 싸늘한 눈빛을 빛내고 있는 청년은 천해문의 문주라는 사운평이었다.

"나오셨군."

"천해장 일 때문에 왔느냐?"

"잘 아시는군."

"우리도 그 일의 진상을 밝히려고 많은 무사들을 동원하고 있다."

"그래서, 진상을 밝혔수? 혹시 살아남은 사람을 찾아서 죽이려고 동원한 것 아뇨?"

"말이 심하군."

"말이 심하다? 처음부터 잘 감시했으면 그런 일도 없었을 것 아뇨!"

"수하들에게 내린 임무는 감시지, 경비가 아니었다."

"아하! 그러니까, 안에서 사람들이 죽어가고 있는데도 모른 척했단 말이군요."

"누가 모른 척했다고 했나?"

항상 냉정하던 공손무곡조차 속에서 뭔가가 부글부글 끓었다.

"모른 척 안했는데, 왜 감시하는 집 안에서 사람들이 죽어나갔냔 말입니다."

"그들의 죽음까지 우리가 책임일 필요는 없는 일 아니냐?"

"일을 맡겼으면, 일하는 사람이 안심할 수 있게 뒤도 봐줘야죠. 그 정도도 모릅니까?"

순간적으로 대답이 궁해진 공손무곡은 이마를 찌푸렸다.

"우리도 네가 그들을 찾아낼 동안……."

"잠깐! 여기서 다 까발리고 전부 이야기할 거요?"

사운평이 계속 몰아붙이자, 한쪽에 서 있던 중년인이 눈을 치켜뜨며 나섰다.

"이런 건방진 놈이! 감히 뉘 앞이라고 함부로 말하느냐!"

호위무사대인 천궁대 부대주 거패산이란 자였다.

공손무곡은 그를 말리려다가 그냥 놔두었다.

경화루에서 사운평을 시험해 보긴 했지만, 실제로 싸우는 것을 본 적은 없었다.

이 기회에 초식운용에 대한 실력을 알아보는 것도 나쁘진 않을 듯했다.

알아두어야 나중에 정확한 결정을 내릴 수 있을 테니까.

사운평은 미미한 움직임을 보인 공손무곡이 가만히 서 있는 걸 보고 입술 끝을 비틀었다.

'원한다면…….'

그의 시선이 중년인에게로 향했다.

거대한 체구, 부리부리한 눈, 거친 수염, 전신에서 느껴지는 강한 기운.

어지간한 자는 중년인과 마주서는 것만으로도 주눅이 들 듯했다.

"돼지는 나서지 마!"

"뭐, 뭐라?"

"비곗덩어리 상대하려고 여기 온 것 아니거든?"

"이 죽일 놈이!"

얼굴이 시뻘게진 거패산은 쿵! 소리가 나도록 땅을 박차고 사운평을 덮쳤다.

마치 거대한 곰이 앞발을 앞세우고 허공을 날아가는 듯했다.

사운평은 날아드는 그를 빤히 바라보면서 냉소를 지었다.

"이제부터 일어나는 일, 나 탓하지 마쇼."

공손무곡을 향해 한마디 던진 그가 한 발 앞으로 내딛으며 거패산을 향해 마주쳐갔다.

거패산은 솥뚜껑처럼 큰 손을 내리쳐서 사운평의 머리를 부숴버릴 생각이었다.

그런데 목표물이 눈앞에서 갑자기 서너 개로 갈라지는 것 아닌가.

'헛!'

그가 헛바람을 들이킨 순간, 사운평의 광령장이 거패산의 손그림자를 튕겨내고는 가슴에 틀어박혔다.

쾅!

숨이 턱 막히고 눈앞이 노랗게 변한 거패산은 입을 쩍 벌리며 뒤로 날아갔다.

털썩!

바닥에 나뒹군 그는 재빨리 일어서려다 말고 피를 토해냈다.

"우웩!"

허리를 구부린 그가 그대로 꼬꾸라졌다.

그야말로 한 순간에 벌어진 일.

고막을 울린 쾅 소리가 미처 스러지기도 전이었다.

천웅대 대원들은 부대주가 쓰러지자 누가 지시하기도 전에 좌우로 움직이며 사운평을 포위했다.

사운평도 옆구리의 칼을 천천히 뽑았다.

"죽음이 두렵지 않은 사람부터 덤벼! 누구든 죽여줄 테니까!"

바람도 없는데 바닥에 떨어져 있던 낙엽이 사운평을 중심으로 휘돌았다.

쏴아아아아.

마치 파도치는 소리가 들리는 듯했다.

자부심으로 똘똘 뭉친 천웅대가 어찌 이런 일이 있을 거라는 걸 단 한 번이라도 상상해 보았으랴.

사운평의 기세에 눌린 그들은 입안이 바짝 말랐다.

"물러서라."

결국 공손무곡이 나섰다.

그는 눈앞에서 벌어진 상황이 믿기지 않았다.

얼마나 어이가 없었는지 잠깐 동안 말문이 막혔을 지경이었다.

금우경과 사공학에게 강하다는 말을 듣기는 했다.

아무리 그렇다고 거패산을 일장에 날려버릴 줄이야.

과연 자신이 그렇게 할 수 있을까?

'정말 알 수가 없는 놈이야.'

그때였다.

"대공께서 직접 나서시겠다? 으흥! 이거 오랜만에 젖 먹던 힘까지 다 끌어내야겠군."

사운평이 도를 움켜쥐고는 당장이라도 달려들 것 같은 자세를 취했다.

미간을 찌푸린 공손무곡이 재빨리 말을 건넸다.

"대화를 나누기 위해서 온 것 아니었나?"

이겨봐야 본전이고 지면 손해가 막심한 싸움. 할 이유가 없었다.

"이게 어디 대화를 나눌 분위기입니까?"

"분위기야 만들면 되지. 안으로 들어가자. 따라와라."

그제야 사운평도 자세를 풀고 도를 내렸다.

어차피 그도 죽자 사자 싸울 마음은 없었다. 사실을 확인하기 전까지는.

"뭐, 그렇다면 저도 마다할 이유가 없죠."

"모두 제 자리로 돌아가라. 거패산도 방으로 데려가고."

천웅대와 천의산장 무사들은 혼란스러워하는 눈빛으로 사운평을 노려보고는 몸을 돌렸다.

'새파란 놈이 정말 굉장하군.'

'겉으로만 보면 별 볼일 없는 놈 같은데…….'

방 안으로 들어간 사운평은 시비가 따라주기도 전에 자신이 먼저 찻주전자를 들고 빈 잔에 차를 따랐다.

청량한 향기에 가슴이 시원해지는 듯했다.

"좋은 차군요."

"군산의 은침이지."

"다음에 사 마시려면 외워두어야겠군요."

공손무곡은 사운평의 실없는 소리를 오래 듣고 싶지 않았다.

"본론을 이야기하는 게 좋겠군."

사운평은 차를 입안에 털어 넣었다.

뜨거운 차가 목구멍을 타고 뱃속으로 들어가자 정신이 번쩍 들었다.

"저도 실없는 이야기는 하고 싶지 않습니다."

여태 헛소리한 것은 뭐고?

공손무곡은 속이 다시 뜨거워졌지만 냉정함을 잃지 않았다.

"다행이군."

"숙부가 죽고, 친구가 죽고, 한동안 가족처럼 지냈던 사람이 넷이나 죽었습니다. 일단 그에 대해서 이야기해 보죠."

"그들의 죽음에 대해선 우리도 애도하는 바다."

"애도한다고 죽은 사람이 살아나진 않죠."

"따진다고 살아나는 것도 아니야."

"지금…… 시비 걸겠다는 겁니까?"

이놈이 진짜! 시비는 누가 걸고 있는데!

공손무곡은 눈에 힘을 주고 사운평을 노려보았다.

"아니면 말지, 왜 눈에 힘을 줍니까?"

"그 말버릇, 고치지 않으면 오래 살기 힘들 거다, 운평."

훗, 사운평이 실소를 지었다.

"제 목숨은 걱정하시지 않아도 됩니다. 엄청 오래 살 거니까."

어찌나 자신만만하게 말하는지 공손무곡은 어이가 없어서 더 다그치지도 못했다.

'뭐 이런 놈이 다 있어?'

그때 사운평이 허를 찌르듯 물었다.

"근데 왜 감시무사들을 철수시킨 겁니까?"

"누가 무사들을 철수를 시켰다는 거냐?"

"장원에 가봤습니다. 적어도 반의반 각은 싸운 것 같았습니다. 그렇다면 침입한 시간은 반각 정도 된다는 뜻이죠. 그런데 그동안 교대한 감시자들은 나타나지 않았죠."

"우리가 알기론 반의반 각도 되지 않아서 침입과 싸움이 끝났다던데?"

"누군가가 거짓말을 한 거죠."

"왜 거짓말을 한단 말이냐?"

"그거야 시킨 사람이 있으니까 한 거 아닙니까?"

"누가 그런 명령을……?"

공손무곡이 말도 안 된다는 듯 냉랭히 말하다 말고 말꼬리를 길게 끌었다.

사운평의 말뜻 속에 숨은 의미를 뒤늦게 깨달은 것이다.

"설마……?"

"좌우간!"

탕!

손바닥으로 다탁을 치고 일어난 사운평이 차가운 표정으로 말했다.

"천의산장도 천해장 사람들의 죽음에 대해서 책임을 완전히 면할 수는 없을 겁니다."

공손무곡의 표정도 서서히 차갑게 굳어졌다.

그가 언제 새파랗게 젊은 놈에게 그 따위 말을 들어보았던가.

"그래서, 지금 나에게 책임을 묻겠다는 거냐?"

방 안의 공기가 갑자기 얼어붙었다.

시비는 얼굴이 새파랗게 질렸고, 전각 구석구석에 서 있던 비밀호위 넷은 숨을 멈추고 두 사람을 바라보았다. 슬그머니 무기에 손을 대면서.

감히 대공께 저 따위 말투로 말하다니!

하지만 그것도 잠시뿐이었다.

"제가 언제 대공께 책임을 묻겠다고 했습니까?"

"그럼?"

"천해장 사람을 죽인 놈들에게 묻겠다는 거죠. 그러려면 놈들을 잡아야 하는데, 대공께서 좀 도와주셨으면 합니다. 정말 천의산장이 그 일을 저지르지 않았다면 그 정도는 해줄 수 있을 거라 봅니다만."

얼어붙었던 공기가 빠르게 풀렸다.

"뭘 도와주면 되지?"

사운평은 전음으로 자신의 요구사항을 말했다.

그가 말할 때마다 공손무곡의 표정이 팔색조처럼 변했다.

내용을 모르는 비밀호위들은 공손무곡의 얼굴이 변할 때마다 사운평을 공격할 것인지 말 것인지 고민했다.

잠시 후, 공손무곡이 얼음송곳 같은 눈빛으로 사운평을 노려보며 말했다.

"알았다. 단, 네가 잘못 판단한 거라면, 모든 책임을 네가 져야 할 거다.”

“남자라면 그 정도 책임은 져야죠.”

“그 말 하나는 마음에 드는군.”

＊　　　＊　　　＊

사운평이 공손무곡의 속을 뒤집어놓고 있던 그 시각.

남화장 구석진 곳의 자그마한 건물 안에서는 두 사람이 마주앉아 심각한 이야기를 나누고 있었다.

한 사람은 삼십 대 중반쯤 되는 나이였고 한 사람은 오십 대 중반 쯤으로 보였는데, 오십 대 초로인의 코밑에는 팥알만 한 커다란 점이 있었다.

“운평이란 자가 조금 전에 대공을 찾아왔다고 합니다.”

“빌어먹을! 일을 어떻게 그 따위로 처리해서…….”

“설마 주력이 빠져나간 후 남았다는 자들이 그런 고수일 줄은 생 각 못 했나 봅니다.”

“바보 같은 놈들. 그러게 조사를 철저히 했어야지.”

“문제는 빠져나간 자들입니다. 그들은 귀살단의 얼굴을 알고 있습 니다.”

“지금도 추적하고 있나?”

“추적하고 있긴 한데, 꼬리를 놓친 모양입니다.”

“가지가지 하는군. 그렇게 자신만만하더니…….”

“그래서 말씀인데, 차라리 그들로 하여금 운평이란 자를 처리하게 하는 건 어떻겠습니까?"

"귀살단에게 운평의 처리를 맡긴다?"

"어차피 목적은 천해문을 청소하는 것 아니었습니까? 운평이란 자가 그곳의 주인이라니, 그자만 죽여도 우리 목적은 달성된 거나 다름없지요."

"그것도 괜찮은 생각이군. 좋아, 네가 가서 그렇게 전해라. 저번처럼 어설프게 하지 말고 철저히 처리하라고 해."

*   *   *

사운평과 공손무곡의 대화가 끝날 즈음 누군가가 찾아왔다.

"대공, 들어가도 되겠소이까?"

금우경의 목소리.

공손무곡이 방문을 향해 말했다.

"들어오시오."

문이 열리고 금우경이 들어왔다.

그런데 두 사람이 그와 함께 들어왔다. 사공학과 공손수양이.

사운평은 그들을 쳐다보지도 않고 차를 한 잔 더 따랐다.

참으로 건방진 행동.

금우경은 그 모습을 보고도 인상을 쓰며 입만 씰룩였다.

"천해장의 일 때문에 왔다고 들었네."

그제야 사운평이 고개를 돌렸다. 눈에 살얼음이 낀 것처럼 눈빛이 싸늘했다.

"누구든, 그 일에 연관된 사람은 오늘부터 편히 발 뻗고 자지 못할 겁니다. 눈만 감으면 지옥에서 염라사자가 찾아올 테니까요."

"우리도 범인을 찾고 있는데 쉽지가 않군."

"그럴 겁니다. 보통 놈들이 아니거든요."

"누군지 짐작 가는 자라도 있나?"

사운평은 천천히 시선을 돌려서 공손무곡을 바라보았다.

"제가 할 이야기는 이미 대공께 말씀드렸습니다. 자세한 이야기는 대공께 들으십쇼."

무뚝뚝하게 말을 마친 사운평은 따라놓은 차를 단숨에 들이켜고 찻잔을 내려놓았다.

"그럼 다음에 뵙죠. 부디 좋은 기분으로 만나길 바라겠습니다."

그때 공손수양이 차가운 눈으로 사운평을 바라보며 말했다.

"들었던 것보다 더 오만한 놈이군."

사운평이 시선을 돌려서 공손수양을 직시했다.

"누가 그렇게 말했는지 모르지만, 처음 보는 사이에 그렇게 말하면 젊은 놈에게 욕먹을 수도 있으니 입 조심하쇼, 노인장."

"……."

공손수양은 자신이 잘못 들었을 거라 생각했다.

노인장?

천하의 어느 누가 자신에게 그 따위로 말한단 말인가.

"지나치군!"

금우경이 발끈해서 한마디 쏘아붙였다.

그래봐야 사운평은 눈썹 한 올 꿈쩍하지 않았지만.

"지나치다? 내가? 뭘?"

"어른께 어찌 그딴 식으로 말한단 말이냐?"

"그럼 나이 드신 분은 아무에게나 '놈'이라고 해도 괜찮단 말이오?"

"어허! 그거야……."

"더구나 친한 사람들이 죽어서 돌아버리기 직전의 사람에게 그렇게 말하다니. 그게 어디 제정신으로 할 말이오?"

공손수양은 너무나 어이가 없다 보니 말도 제대로 나오지 않았다.

"이, 이놈이 어디서……!"

결국 말보다는 행동이 더 빨랐다.

휘이잉!

그가 사운평을 향해 발을 내딛으며 우수를 뻗었다.

가만히 앉아서 맞을 사운평이 아니었다.

가볍게 좌측 발을 뒤로 빼는 순간, 그의 신형이 아지랑이처럼 흔들렸다.

공손수양은 사운평이 미꾸라지처럼 빠져나가자 재차 달려들며 쌍수를 휘둘렀다.

사운평도 비천무영류를 펼치며 공손수양의 손길을 요리조리 벗어났다.

두 사람 정도의 고수가 공력을 일으키면 방 안이 엉망이 되다 못해 다 부서질 터. 철저한 초식 위주의 다툼이었다.

거기다 두 사람은 입도 쉬지 않았다.

"이 영감이 진짜!"

"영감? 내 네놈을 때려잡은 후 네놈 사부를 찾아가서 제자 교육 잘못 시킨 것에 대해 죄를 묻겠다!"

"뭐요? 사부를 찾아가? 정말 제정신이 아닌 노인네군."

"이놈!"

"죽은 사부를 찾아가려면 노인장도 죽어야하는데, 지금 죽고 싶은 거요?"

"뭐라? 죽어라, 이노오옴!"

난데없는 대결.

두 사람이 쫓고 쫓기면서 이 장 반경이 온통 두 사람의 그림자로 가득 찼다.

그나마 방이 크고 천장이 높은 게 다행이었다.

공손무곡과 금우경, 사공학은 아예 멀찌감치 물러났다.

두 사람의 다툼을 지켜보는 세 사람의 표정은 제각각이었다.

이지러진 표정, 멍한 표정, 한숨이 터져 나올 것 같은 표정.

공손무곡은 그 와중에도 사운평의 초식 변화를 눈여겨보았다.

천변만화하는 신법이야 말도 많이 들었고, 자신의 눈으로도 본 터라 새로울 것이 없었다.

문제는 거패산을 일장에 무너뜨릴 정도의 강한 공력뿐만이 아니라, 초식조차 변화무쌍하다는 점이었다.

'이제 겨우 스물이 넘은 놈의 초식변화가 수십 년 동안 무공을 수련한 숙부보다 더 부드럽다니……'

그때였다.

"진짜 해보자는 거요?"

피하기만 하던 사운평이 뺵 소리치더니, 쌍장을 내밀며 원을 그렸다.

"오냐, 이놈!"

공손수양도 마다하지 않고 쌍장을 내쳤다.

콰앙!

굉음이 전각을 뒤흔들었다.

다탁이 들썩거리며 한쪽으로 밀려나고, 의자는 아예 나뒹굴었다.

쿵, 쿵, 쿵.

세 걸음 물러선 공손수양이 앞을 노려보았다.

주름진 그의 눈꺼풀이 잘게 떨렸다.

사운평도 두 걸음 물러서서 씩씩거렸다.

"노인네가 정말 성질 한번 더럽군."

냉랭히 쏘아붙인 그는 방문 쪽으로 몸을 날렸다.

"이…… 죽일 놈이……. 거기 서라!"

공손수양이 다시 쫓아가려하자, 공손무곡이 나섰다.

"사숙, 그만하시지요."

공손수양은 공손무곡의 말을 무시하지 못하고 멈칫했다.

"나머지 이야기는 나중에 하죠."

방문을 연 사운평은 누가 말릴 새도 없이 밖으로 나갔다.

절대경지에 올랐거나 그에 근접한 고수가 넷이나 방에 있었다. 비밀호위도 넷이나 있었고. 그것도 네 방위를 점한 상태로.

어디 그뿐인가?

밖에는 수십 명이 포위하고 있었다.

만에 하나 저들이 자신을 죽이거나 잡으려고 한다면 곤란해질 터. 기회가 왔을 때 빠져나가는 게 상책이었다.

사운평이 빠르게 별원을 빠져나가며 사라지자, 그 모습을 바라보던 금우경의 눈빛이 순간적으로 흔들렸다.

'아차! 어쩌면 기회였을지도 모르거늘.'

풀어놓고 이용하기에는 너무나 위험한 자였다.

대공을 어떻게든 설득시켜서 잡는 것이 나았을지도 몰랐다.

이용할 수 있는 방법이야 잡아놓고 고민해도 되는 일 아닌가 말이다.

"금 원주, 운평이란 자에 대해서 어떻게 생각하시오?"

공손무곡이 물었다.

그 질문에 대답하는 금우경의 목소리가 자신도 모르게 가라앉았다.

"대공, 놈은 놓치면 다시 잡기 힘든 대왕호랑이오. 어쩌면 오늘 놓아 보낸 것이 실수인 듯싶소이다."

사실 공손무곡도 그런 생각을 안 해본 것이 아니다. 그래서 물어본 것이었고.

그런데 금우경의 말을 들으니 묘한 반발심이 고개를 들었다.

"실력이 대단하긴 하지만, 처리 못할 정도는 아니오. 이용할 구석이 많으니 좀 더 두고 봅시다."

금우경은 왠지 찜찜했다.

그러나 자신의 주장만 고집할 수도 없는 일.

"하긴 이용만 잘한다면 뜻밖의 결과도 얻을 수 있겠지요."

"바로 그거요. 그리고 우리 뜻대로 따르지 않는다 해도 정리할 기회는 아직 많소. 어차피 그와는 몇 번 더 만나야하니까."

"대공의 말씀이 옳습니다."

사공학은 공손무곡의 의견을 적극적으로 지지했다.

공손수양도 깊게 생각하지 않았고.

"다음에 만나면 그 괘씸한 놈에게 반드시 뜨거운 맛을 보여줄 거네."

하지만 금우경은 그들과 생각이 달랐다.

'과연 그 여우같은 자가 오늘 같은 기회를 줄까?'

입을 꾹 다문 그의 눈빛이 깊어졌다.

'어쩌면 정작 큰 변수는 그놈이 될지도 모르겠군.'

그때 공손수양이 일그러진 표정으로 말했다.

"그놈이 펼친 장법. 분명히 처음 대해본 장법인데도 꼭 어디선가 본 것 같군."

순간, 공손무곡의 표정이 급변했다.

'맞아!'

거패산을 일패도지시킨 장법과 공손수양에게 패배감을 심어준 장법은 비슷한 면이 있었다.

문제는 그 장법의 정체였다.

그는 언젠가 그와 비슷한 장법에 대해서 들은 적이 있었다. 아니, 읽은 적이 있었다.

'그럼 무종무록을 그놈이……?'

*   *   *

남화장을 빠져나온 사운평은 한숨을 내쉬며 자책했다.

"후우, 너무 무모했어."

결과는 좋았다. 공손무곡의 약속을 받아냈으니까.

그러나 공손무곡이 조금만 마음을 달리 먹었다면?

꼼짝없이 잡혔겠지.

아니면 겨우 목숨만 구해서 도망쳤든지.

어느 쪽이든 이익 될 게 없었다.

객잔에서 아침을 해결하고 천해장으로 돌아간 사운평은 천해장에
남은 흔적을 세심하게 조사했다.

밤에 미처 보지 못했던 흔적이 하나 둘 보였다.

그가 주로 살핀 것은 무공이 남긴 흔적이었다.

흔적만으로는 정확한 무공을 파악할 수 없지만, 언젠가 마주친다
면 기억해낼 수는 있지 않겠는가.

'절대 가만두지 않겠어!'

무공이 남긴 흔적은 사방에 남아 있었다.

개중에는 궁탁과 임풍, 낙수교, 홍명이 남긴 흔적도 많았다.

그러나 처음 보는 흔적도 여기저기 널려 있었다.

사운평이 찾은 흔적은 대략 십여 종류. 검흔도 있고, 도흔도 있고,
기병에 의한 흔적도 있었다.

그는 그 흔적들을 머릿속에 차곡차곡 새겨 넣었다.

다음에 만나면 절대 잊지 않도록.

'철저히 살초만 썼어. 살수 수련을 제대로 받은 놈들이야. 흥! 건

방지게 내 집에서 살수 자랑을 했단 말이지?'

조사를 마친 사운평은 멀리 떨어져서 눈치만 보던 사마중염을 불렀다.

"이보쇼. 사람 시켜서 관 좀 사오라고 하쇼."

뒷마당 정원에 임시로 무덤을 만든 사운평은 흔적을 좇아서 담을 넘었다.

담 너머의 골목은 북쪽으로 향하고 있었다. 몇 줄기 혈흔도 골목을 따라 이어졌고.

그는 북문을 얼마 남겨 놓지 않고 격렬하게 싸운 흔적을 찾아냈다.

검천성 무사가 말했던, 시신이 발견된 장소인 듯했다.

그런데 눈에 익은 검흔이 보였다.

"어? 이건…… 귀영살검을 펼칠 때 남는 흔적 같은데?"

검천성 무사의 판단이 옳았다.

귀영살검은 홍명이 자랑하는 검법이다.

홍명이 이곳에서 싸웠다는 뜻.

사운평은 검흔을 살펴보다가 고개를 갸우뚱거렸다.

'그 인간이 다른 사람을 위해서 목숨을 던졌다는 건가?'

살혼쌍검이 어떤 사람들인데? 홍명이 어떤 인간인데?

하지만 시커멓게 말라붙은 핏자국과 그 주위의 흔적이 말하고 있었다.

그가 자신의 모든 것을 걸고 싸웠다는걸. 도망갈 생각조차 없었다는걸.

게다가 관에서 가져간 시신의 나이도 홍명과 비슷하다고 했다.

'사실이라면…… 당신의 복수를 반드시 해주겠어.'

사운평은 골목을 세 번 정도 더 돌아간 뒤 걸음을 멈췄다.

그곳에서도 격렬하게 싸운 듯했다. 또한 누군가가 죽어간 흔적도 남아 있었다.

하지만 처음 장소에서 발견했을 때와 달리 누가 싸웠는지는 알 수 없었다.

"사람들이 북문을 통해서 빠져 나갔나?"

그는 일단 북문까지 가보았다.

그러나 북문을 코앞에 두고 혈흔이 서쪽으로 꺾어졌다.

'서쪽?'

문득 임풍이 떠올랐다.

'맞아! 임풍이라면 자신이 주로 살았던 곳이 더 안전하다고 생각 했을 수도 있어.'

숨을 곳을 많이 알고 있을 테니까.

상선로의 옛집에 도착한 사운평은 눈빛을 번뜩였다.

사람이 살지 않는 집에 핏자국이 여기저기 남아 있었다.

다행히 싸운 흔적은 없었다. 아마도 잠시 머물다 떠난 듯했다.

그러나 곳곳에 핏물이 고여서 굳어 있는 걸 보니 부상 상태가 심각 한 듯했다.

사운평은 임풍의 생각을 읽으려 노력했다.

동쪽과 정반대인 서쪽으로 왔다. 머물다 떠난 것으로 봐서 처음부터 오래 머물 생각은 없었던 듯했다.

그렇다면 임풍이 택할 길은?

'서문을 통해서 밖으로 나가려 했던 걸까?'

밖으로 나갔다면 그 다음에는 어디로 갔을까?

사운평은 생각을 접고 서문으로 달려갔다.

막 성문을 통과하려던 그의 눈이 먹이를 발견한 매의 눈처럼 번뜩였다.

십부장쯤 되는 삼십 대 초급군관이 군졸 둘과 이야기를 나누고 있었다.

언젠가 임풍이 아는 척했던 자였다.

'왕삼이라 했던가?'

군관에게 다가간 사운평이 말을 붙였다.

"안녕하쇼?"

얼굴이 동그란 군관이 고개를 돌리더니 사운평을 보고 멈칫했다.

그러고는 좌우를 빠르게 둘러보고 눈짓을 보냈다.

'따라오쇼.' 그런 뜻.

사운평은 왕삼을 따라서 성문을 나섰다.

몇 사람이 성문을 오가고 있었지만, 삶에 찌든 그들은 사운평과 왕삼을 쳐다보지도 않았다.

왕삼은 구석진 곳으로 간 후에야 나직이 입을 열었다.

"임 의원 친구지?"

"그렇소. 혹시 어디로 갔는지 아쇼?"

"어디로 갔는지는 모르고, 꼴이 말이 아닌 모습으로 성문을 나섰네."

"몇 사람이었소?"

고개를 갸웃거리며 기억을 되살린 왕삼이 말했다.

"아주 예쁜 여자 둘하고, 인상이 산도적도 기가 죽을 정도로 덩치가 커다란 친구, 그보다 인상이 더 더러워서 귀신처럼 보이는 노인네, 인상은 조금 덜 더러운데 눈빛이 독살스런 노인네까지 모두 여섯이었네."

사운평은 그 설명만으로도 임풍과 함께 빠져나간 사람이 누군지 확실하게 알 수 있었다.

초혜와 소소, 궁탁, 갈원, 낙수교.

아마도 오면서 봤던 격렬한 싸움 흔적 중 하나는 조항이 남긴 것인 듯했다.

'제길, 결국 살아남은 사람은 여섯이란 말이군.'

第六章

살수는 말이 많으면
안 된다

　서문을 나선 사운평은 서쪽으로 가며 임풍 일행의 흔적을 찾아보
았다.

　혹시나 해서 삼십여 리를 가보았지만 어디에서도 그들이 지나갔을
법한 흔적을 발견할 수 없었다.

　북쪽은 황하가 가로막고 있으니 서쪽으로 갔을 거라 생각했거늘.

　"서쪽이 아니면, 어디로 갔지?"

　야트막한 언덕에 오른 사운평은 서쪽을 바라보았다.

　황량한 들판 저 끝자락에 거산준봉이 병풍처럼 펼쳐져 있었다.

　없는 흔적을 쫓아서 시간을 낭비할 수도 없는 일.

　그는 그쯤에서 발걸음을 돌렸다.

언덕을 내려온 그는 갈대밭을 가로질렀다. 갈대밭은 무척 넓어서 끝도 잘 보이지 않았다.

얼마나 갔을까, 갈대밭을 걷던 그가 갑자기 걸음을 멈췄다.

차갑게 얼굴을 때리는 찬바람 속에서 이질적인 기운이 느껴진다.

살갗을 후비는 바늘 끝처럼 예리한 살기.

그는 머리카락을 휘날리며 허리어름까지 닿은 누런 갈대밭을 노려보았다.

바싹 마른 갈대밭이 겨울바람에 춤을 출 때마다 살기도 춤을 추며 다가왔다.

스르르릉.

사운평은 천천히 도를 잡아 뺐다.

갈대밭을 바라보는 그의 눈빛이 여느 때보다 차갑게 가라앉았다.

사방에서 밀려드는 살기는 십여 줄기.

결코 천의산장 무리는 아니다.

그렇다면 천해문에 피를 뿌린 놈들이란 말.

'잘됐어. 수고를 덜어줘서 고맙군.'

무저의 늪처럼 가라앉은 눈빛에서 서서히 분노가 피어났다.

"운평. 천해문의 문주. 맞나?"

방향을 종잡을 수 없는 허공에서 나직한 목소리가 바람을 타고 울렸다.

"천공복명술(天空腹鳴術)? 쓸데없는 잔재주를 익혔군."

"어린놈이 제법 많은 것을 아는구나."

"그런 잔재주는 내가 열네 살 때 익혔지. 근데 사람 죽이러 온 놈이 무슨 말이 그렇게 많아?"

쏴아아아아.

갈대숲이 세차게 흔들리며 파도치는 소리가 났다.

그와 동시, 회색무복을 입은 자들의 북풍한설 같은 살기가 해일처럼 밀려들었다.

"내가 하나 가르쳐줄까? 살수는 말이 많으면 안 돼. 왜냐고?"

전면을 향해 말하던 사운평이 칼을 사선으로 늘어뜨렸다.

솜털이 올올이 곤두서는 살기를 마주하자 오히려 마음이 안정되었다.

손도 떨리지 않았다. 떨리기는커녕 오히려 가슴 저 깊은 곳에서 잠자고 있던 살수의 본능이 살아났다.

"자신보다 강한 사람에게 걸리면, 끝장나거든!"

차갑게 말을 끝맺은 그가 해일처럼 밀려드는 회색 살기를 향해 쇄도했다.

쉬아아악!

은은한 묵광이 벼락처럼 뻗어가며 갈대의 허리를 훑었다.

잘려나가는 것은 갈대만이 아니었다.

살기를 일으키며 달려들던 회의인들의 살과 뼈마저 갈랐다.

"헛!"

"컥!"

외마디 비명과 함께 갈대숲 속에서 솟구치는 시뻘건 피분수.

바람을 타고 흐르던 피안개가 갈대에 점점이 맺히면서 갈대숲에 혈화가 피어났다. 비릿한 혈향이 풍기는 선홍빛 혈화가.

동시에 사운평의 환영이 혈화 사이를 누볐다.

"놈은 혼자다! 침착하게 대응해!"

좀 전 허공에서 울리던 목소리의 주인이 악을 썼다.

회의인들은 동료들의 죽음도 아랑곳하지 않고 사운평을 공격했다.

츠츠츠츠츠!

수십 줄기 도검의 잔영이 갈대숲을 휘저었다.

가루가 되다시피 부서진 갈대의 잔해가 먼지구름처럼 자욱이 퍼졌다.

사운평은 갈대 잔해와 하나가 되어 유령처럼 움직이며 회의인 사이로 파고들었다.

무영천살도는 기척도 없고, 그림자도 없었다.

살과 뼈를 가르며 지나가는 데도 회의인들은 자신들이 당한 것조차 느끼지 못했다.

섬뜩함을 느끼고 반응을 보였을 때는 이미 한줄기 섬전이 몸을 훑고 지나간 뒤.

"꺼어억!"

목이 반쯤 베어진 채 주저앉는 회의인의 두 눈이 공포에 질려 있었다.

"크윽! 이런……!"

두 다리의 근맥이 잘린 줄도 앞으로 뛰쳐나가려던 자가 그대로 꼬꾸라졌다.

그러나 회의인들 역시 두려움을 모르는 살귀들. 그들은 죽어가면서도 도검과 기형병기를 휘두르고 암기를 뿌렸다.

유령처럼 움직이던 사운평조차 그들의 목숨을 도외시한 공격에는 바짝 긴장하지 않을 수 없었다.

'독한 놈들!'

단숨에 회의인 일곱을 쓰러뜨린 사운평은 날아드는 암기를 피해서 뒤로 물러섰다.

그 순간, 동료의 죽음을 방관하며 한발 뒤에서 기회를 엿보던 자들이 일제히 달려들었다.

"저기다!"

"도망치지 못하게 사방을 막아!"

사운평은 허공에서 몸을 세 바퀴나 비틀었다.

몸을 트는 사이 한줄기 도기가 옷자락을 가르며 지나갔다.

싸한 느낌.

하지만 그는 눈썹 한 올 끄떡하지 않고 칼을 사선으로 그었다.

쩌정!

묵빛 번개가 날아드는 검을 튕겨내고 회의인의 가슴에 내리꽂혔다.

"크억!"

냉정하고 단호한 공격.

사운평은 한쪽 방위를 무너뜨리고도 상대의 포위를 벗어나지 않았다.

벗어나기는커녕 오히려 쫓아오려고 서두르는 자들을 향해 쇄도했다.

또다시 그의 신형이 서너 개의 환영으로 갈라지며 칼을 휘둘렀다.

그토록 독하던 회의인들조차 사운평의 기세에 질린 표정을 지으며 뒤로 물러섰다.

기선을 제압당한데다 정신력마저 무너진 상태.

그때부터 암울한 공포가 갈대숲을 지배했다.

싸움이 벌어지고 반의반각.

허공에 날리던 갈대의 잔해가 바람을 타고 흐르다 서서히 바닥으로 떨어졌다.

휘이이잉.

찬바람이 혈화가 핀 갈대숲을 쓸고 지나갔다.

더 이상 비명도, 신음도, 기의 충돌음도 들리지 않았다.

"이, 이런 개 같은 일이……."

회의인 중 하나가 무릎을 꿇은 채 사운평을 올려다보며 그르렁거리는 목소리로 말했다.

천공복명술을 썼던 바로 그자였다.

살이 쩍 갈라진 어깨, 피로 물든 허리춤, 반 이상 잘려서 기묘한 각도로 꺾어져 있는 다리.

항거는커녕 걷는 것조차 힘든 상태.

더구나 입안에 든 독단을 깨물어서 바라보는 동안에도 얼굴이 시퍼렇게 변하고 있었다.

사운평은 그자의 앞에 오롯이 서서 칼을 뿌렸다.

칼 끝에 맺혀 있던 핏방울이 튀면서 흔들리던 갈대 끝에 매달렸다.

"지옥으로 가는 동안 곰곰이 생각해 봐. 뭘 잘못했는지."

그는 미련없이 돌아섰다.

독단을 깨문 자를 다그치느니, 도망친 자들을 추적하는 게 나았다.

암습자 중 살아서 도망친 자는 둘.

그들의 꼬리를 잡아당기면 몸통도 볼 수 있지 않겠는가.

*　　　*　　　*

낙양성 서문 밖 남쪽에는 가난에 찌든 빈민들이 모여 사는 토담집이 즐비했다.

골목은 미로처럼 복잡해서 한 번 들어가면 담을 넘지 않고 빠져나오기가 힘들 지경이었다.

사운평은 간간이 떨어져 있는 미세한 혈흔을 쫓아서 빈민촌 안으로 들어갔다.

빈민촌 안쪽은 무척 지저분했다.

사방에 오물이 쌓여 있었고, 겨울인데도 역겨운 시궁창 냄새가 코를 찔렀다.

'내 코도 많이 변질됐군. 이 정도 냄새에 역겨움을 느끼다니.'

사운평은 쓸쓸함을 가슴에 묻고 골목 안을 바라보았다.

골목 안쪽에는 제법 넓은 공터가 있고, 그 너머에 허름한 토담집이 서 있었다.

흙벽돌을 쌓아 올린 토담집은 근처의 다른 집에 비하면 유난히 컸다.

그러나 오랜 풍상을 겪으면서 여기저기 깊숙하게 긁힌 토담은 툭 치면 구멍이 날 듯했고, 지붕 역시 수북하게 먼지 무게를 견디지 못하고 금방이라도 무너질 듯했다.

도주한 자들에게서 방울방울 떨어진 혈흔이 바로 그 집 안으로 이어져 있었다.

잠시 토담집을 살펴본 사운평은 공터를 가로질렀다.

토담집 입구에는 대문 대신 거적이 걸려 있었는데, 때인지 오물인지 모를 뭔가가 잔뜩 묻어서 손으로 잡기가 망설여질 정도였다.

입구 앞에 도착한 그는 지붕 위로 신형을 날렸다.

지붕 위에서 내려다보자 집 안 광경이 한눈에 들어왔다.

토담집은 밖에서 보던 것보다 더 컸다. 넓은 마당이 있고, 마당의 건너편에는 이 층으로 된 건물이 서 있었다.

바로 그 이 층 건물 앞마당에서 도주했던 두 회의인과 삼십 대 중반의 청의장한이 이야기를 나누고 있었다.

"믿을 수가 없군."

청의장한이 아연한 표정으로 고개를 흔들었다. 심지어 그는 회의인들이 변명을 하고 있다는 의심마저 들었다.

"너희들 말에 한 치도 거짓이 없단 말이지? 만약 변명을 하는 거라면 용서치 않을 것이다."

"저희도 믿기지가 않습니다만 분명한 사실입니다. 거짓이라면 이 자리에서 목을 내놓겠습니다."

아무래도 사실인 듯하다.

"빌어먹을! 일단 위에 알리고 지시를 받아야겠군. 너희들은 돌아가서 대기해. 당분간 움직이지 말고."

"예, 사자."

세 사람은 이야기를 마치자마자 곧장 돌아서서 뒷문 쪽으로 향했다.

지붕 위에서 귀를 기울이고 있던 사운평은 차디 찬 냉소를 지은 채 세 사람을 따라 움직였다.

'그래, 어서 알려라.'

뒷문을 나선 세 사람은 양쪽으로 갈라졌다. 두 회의인은 북쪽으로, 청의장한은 서문 쪽으로.

사운평은 망설이지 않고 청의장한의 뒤를 쫓았다.

청의장한은 곧장 낙양성 서문을 통과했다.

사운평도 이십 장의 거리를 두고 낙양성으로 들어섰다.

그때 누군가가 소리쳤다.

"어이! 임 의원은 찾았는가?"

십부장 왕삼이었다.

안 보여서 교대한 줄 알았는데 한쪽 구석에서 찬바람을 피하고 있었나보다.

'저 인간이!'

사운평은 속으로 왕삼을 씹으며 청의장한 쪽을 힐끔거렸다.

청의장한이 멈칫하더니 고개를 돌리는 게 보였다.

피할 수도 없는 상황. 사운평은 임기응변으로 너스레를 떨었다.

"아이고, 십부장님 덕분에 찾았습죠. 날씨도 추운데 아직 근무 중인가 보죠?"

"어? 그, 그래."

생각지 못한 사운평의 말투에 왕삼이 얼버무렸다.

"그럼 저는 이만 가보겠습니다."

사운평은 포권을 취하며 굽실거리고는, 청의장한이 간 방향과 다른 쪽으로 걸음을 옮겼다.

청의장한도 별 일이 아니라 생각했는지 다시 가던 길을 재촉했다.

사운평은 가재미눈으로 청의장한을 쫓으며 건물을 돌아갔다.

한 걸음, 한 걸음 옮길 때마다 다리에 만 근짜리 철추가 달린 듯했다.

건물을 돌아간 그는 재빨리 돌아서서 고개를 살짝 내밀고 청의장한의 뒷모습을 바라보았다.

청의장한이 객잔을 돌아서 막 골목으로 사라지고 있었다.

다시 대로로 나온 사운평은 날듯이 달려서 청의장한의 뒤를 쫓아갔다.

그런데 객잔을 돌아서 골목 안을 바라보자 청의장한이 보이지 않았다.

'제기랄!'

그는 감각을 극대화시키고 골목 안으로 들어갔다.

솜털을 자극하는 미미한 기운도 그의 감각을 피해가지 못했다.

하지만 어디에서도 청의장한의 기운은 느껴지지 않았다.

'어디로 갔지? 눈치챘나?'

그때 문득 청의장한이 갔을 만한 곳이 떠올랐다.

남화장!

'이런 멍청한!'

사운평은 즉시 남화장 쪽을 향해 신형을 날렸다.

지붕을 타넘으며 단숨에 장원 두 곳을 관통한 그는 남화장이 보이는 지붕에 내려섰다.

저만치, 청의장한이 남화장의 뒷문으로 사라가는 게 보였다.

안으로 들어가며 뒤를 슬쩍 돌아보는 걸 보니 자신의 미행을 눈치챈 듯했다.

'쳐들어가서 놈을 내놓으라고 할까?'

마음이야 굴뚝같았다.

문제는 증거가 없다는 것이다. 증거를 내밀지 못한다면 교활한 놈들에게 역공을 당할 가능성이 크다.

'젠장, 하필이면 그때 불러서…….'

왕삼만 아니었어도 확실하게 처리했을 텐데.

그렇다고 소득이 없는 것은 아니었다.

천해장을 공격한 자들과 한 패거리가 남화장 안에 있다는 걸 확인한 것만 해도 어디야?

또한 잡을 방법이 없는 것도 아니었다.

'흥! 여기서 물러서면 천해공자가 아니지.'

*　　　　*　　　　*

바람이 구름을 몰고 오던 유시 초.

공손무곡은 북쪽에서 날아온 소식을 듣고 표정이 굳어졌다.

"천화가 산서의 남단을 장악했다고?"

"그렇다 합니다, 대공."

쉰 살쯤으로 보이는 무뚝뚝한 표정의 중년인이 표정만큼이나 무뚝뚝한 말투로 대답했다.

그가 바로 천의산장의 정보를 총괄하는 밀각의 지휘자, 심악이었다.

"신궁과 백군맹의 대응은?"

"신궁의 상관 궁주와 백군맹의 철무궁이 대노해서 즉시 무사들을 출동시켰습니다."

"참을 수 없었겠지. 하지만 추위 때문에 오랜 시간 싸우기가 쉽지 않을 텐데?"

"그래선지 전면적인 공격은 하지 않고, 국지전을 하며 천화궁의 북상을 견제하고 있다 합니다. 하지만 추위가 풀리면 언제든 전면전이 벌어질 겁니다."

"결국 강호의 상황이 운평이란 놈의 말대로 흐르는군."

"그가 도대체 그 사실을 어떻게 먼저 알았는지 모르겠습니다."

"그 정도 정보망이 있으니 감히 나와 계약을 하자고 덤빈 것 아니겠느냐?"

심악은 그 말에 이마를 꿈틀거렸다.

밀각을 지휘하는 그로선 자존심 상하는 말이 아닐 수 없었다.

"그자만 믿고 있기에는 상황이 너무 급박하게 흐르고 있습니다."

"나도 안다. 그래서 빠른 시일 안에 황하를 건널 생각이다."

"그러려면 태상장주께……."

"심악."

"예, 대공."

공손무곡은 고개를 숙인 심악을 차가운 눈빛으로 바라보았다.

심악은 밀각을 맡은 십 년 동안 부친의 명만 따랐다. 우개양이 자신의 명을 따르듯이.

이번 강호행에 우개양을 제외시킨 것은 자신의 뜻이 아닌 부친의 뜻.

대신 부친은 심악을 데려가게 했다.

그 내면에 숨겨진 뜻을 어찌 모르랴.

하지만 부친의 눈과 귀를 계속 자신의 옆에 둘 수는 없는 일이다.

자신의 꿈을 이루기 위해서라도.

공손무곡은 때가 되었다 생각하고 본심을 드러냈다.

"아버님을 십 년 모실 것이냐, 아니면 나를 삼십 년 따를 것이냐?"

"대공……."

"이미 아버님은 천의산장의 강호행을 허락하셨다. 그 말인즉, 강호행에서 더 이상의 허락은 필요가 없단 말이니라."

"하오나……."

"나는 천의산장을 강호에 우뚝 세울 생각이다. 나와 함께 한다면 부귀영화가 있을 것이야. 하지만 거부한다면…… 나로선 가슴 아픈 결정을 내릴 수밖에 없다."

공손무곡의 말이 흐르는 동안 구석진 곳에 석상처럼 서 있던 네 명의 호위무사가 미끄러지듯 앞으로 이동했다.

심악은 등줄기로 식은땀이 흘렀다.

전혀 예상하지 못했던 상황. 바위처럼 무뚝뚝하던 그의 표정에 금이 갔다.

"정녕 저를 원하십니까?"

"물론이다."

"제가 무릎을 꿇는다면, 저를 믿으시겠습니까?"

"나는 내 사람을 내 혈육처럼 믿는다. 지금까지도 그랬고, 앞으로도 그럴 것이다."

"장수는 자신을 알아주는 군주를 위해 목숨을 바친다 했습니다. 대공께서 정녕 저를 알아주시고, 혈육처럼 믿어주시겠다 하시는데, 어찌 제가 대공을 주군으로 모시지 못하겠습니까."

심악이 서 있던 자리에서 쿵! 소리와 함께 한쪽 무릎을 꿇었다.

"충! 심악이 주군께 목숨을 바치겠습니다!"

공손무곡이 자리에서 일어나 심악의 어깨에 오른손을 올렸다.

"고맙다, 심악. 앞으로 너를 내 형제처럼 생각하마."

"감사합니다, 주군!"

"봄이 되면 황하를 건널 것이다. 황하 건너의 상황을 시시각각 알아보고, 언제 어느 때든 보고하도록 해라."

"즉시 시행하겠습니다."

공손무곡은 심악이 나간 대전에 우뚝 서서 허공을 노려보았다.

마침내 모험이 성공해서 밀각을 얻었다.

실패했다면 큰 손실을 감수했어야 하거늘.

어쨌든 성공한 이상 강호 제패에 한 걸음 더 다가간 셈.

'천화와 귀혼만 제거하면 천하의 누구도 나의 앞을 막을 수 없다. 아버님도 그때쯤에는 나를 인정하시겠지.'

그의 두 눈에서 야망의 광채가 번뜩일 때였다. 경비무사가 안에 대고 말했다.

"대공, 거문군께서 오셨습니다."

"들어오라 하게."

문이 열리고 거문군 숙경이 들어왔다. 그런데 표정이 왠지 이상했다.

"무슨 일인가?"

"저, 소공께서 산장을 출발해 이곳으로 오신다 합니다."

　　　　　　*　　　　　*　　　　　*

사운평은 문이 굳게 닫힌 만구점을 바라보았다. 전에 봤을 때와 달리 귀신이라도 나올 것처럼 을씨년스러웠다.

만구점의 정보를 좌우하는 주요 일꾼은 모두 열 명. 둘이 죽었으니 남은 사람은 여덟이다.

그중 외부로 나가 있는 다섯 사람을 빼면 낙양에 남은 자는 셋. 하지만 어디로 갔는지 아무도 보이지 않았다.

"도대체 어떻게 된 거야?"

그는 지붕을 넘어서 만구점 안으로 들어갔다.

사람들이 오간 흔적이 거의 없었다. 간혹 보이는 흔적도 오륙 일은 된 듯했다.

"귀신이 곡할 노릇이군."

밖으로 다시 나간 그는 근처의 주인들에게 만구점 사람들에 대해 물어보았다.

지난 며칠 동안 사람의 왕래가 일절 없었다고 했다.

만구점 정보원 찾기를 포기한 사운평은 자신이 한심하게 느껴졌다.

"그들에게 너무 무관심했어. 그동안 참 많이 도와준 사람들인데."

초혜에게도 미안한 마음이 들었다.

'찾으면 잘해줘야지.'

낮에 바람이 제법 세차게 불더니 밤이 되자 짙은 구름이 끼어서 별도 달도 보이지 않았다.

술시 초.

사운평은 동학로 입구의 운상객잔 맞은편에 있는 대풍루 이 층 방에서 사마중염과 마주앉았다.

"그게 정말인가?"

"그럼 내가 거짓말을 한단 말이야? 여기 찢어진 옷 안 보여?"

"이자가 바로 그들의 상관이란 말이지?"

"그렇다니까?"

탁자 위에는 사운평이 쫓아갔던 청의장한의 얼굴이 그려진 초상화가 놓여 있었다.

사마중염은 초상화에서 눈을 떼고 납덩이처럼 무거운 표정으로 사운평을 바라보았다.

"어떻게 할 생각인가?"

"당신이 찾아봐. 남화장 안에 있는 놈이니까."

"좋아, 내가 찾아보지."

"혹시 몰라서 말하는데, 혼자 어떻게 해볼 생각은 하지 마. 잘못 건드려서 놓치면 더 깊숙이 숨어버릴지 모르니까."

사마중염은 속이 뜨끔했다.

사실 청의장한을 찾으면 검천장의 힘으로 뿌리를 캐볼 생각이었다. 그런데 사운평의 말을 듣고 보니, 실수하면 모든 잘못을 뒤집어쓸 가능성이 컸다.

"걱정 말게. 그럴 생각 없으니까. 찾으면 바로 알려주지."

"내일까지 알아봐. 너무 늦으면 안 되니까."

"내일까지? 너무 빠르지 않은가?"

"나도 천천히, 뿌리까지 뽑고 싶어. 하지만 그럴 시간이 없어."

"왜 시간이 없다는 거지?"

"신궁과 천화궁이 언제 정면으로 붙을지 몰라. 어쩌면 이미 붙었을지도 모르고."

"나도 산서의 소식을 들었네. 그런데 그들이 싸운다고 해서 우리가 서두를 필요는 없잖은가?"

"서둘러야지. 왜냐하면, 천의산장도 그 싸움에 끼어들 게 분명하거든."

사마중염의 눈이 휘둥그레졌다.

"천의산장이 산서로 간단 말인가?"

"천의산장뿐만이 아니라 무림맹도 움직일 거야. 신주구세 중 몇 곳도 구경만 하지는 않을 거고."

"그게 사실이라면 정말 시간이 없겠군."

"알면 됐어. 그럼 내일 봐."

사운평은 할 말 다했다는 듯 자리에서 일어났다.

"잠깐."

"왜?"

"자네를 공격하다 도주한 두 사람도 찾아봐야하지 않겠나?"

사운평은 사마중염을 빤히 쳐다보았다.

"그들은 지금 어디 있지?"

"그걸 내가 어떻게 아나?"

사마중염이 어이없다는 표정으로 말했다.

잠자다 남의 다리 긁는 것도 정도가 있지 말이야.

하지만 사운평은 시선을 거두지 않았다.

"알 텐데?"

"그들을 쫓아온 사람은 자네 아닌가?"

"정말 몰라?"

"모른다고 했잖은가?"

"그럼 내 주위에서 거치적거리는 사람은 모두 목을 따도 상관없겠지? 나중에 딴말하지 마?"

"그건……."

"빈민촌에 들어갈 때 눈알 몇 개가 따라붙더군. 귀찮아서 제거해 버리려다 검천성이 외곽을 조사한다는 걸 생각하고 참았어. 그런데 검천성 사람이 아니라면 사정 봐줄 필요 없잖아?"

그제야 사마중염이 머쓱한 표정으로 말했다.

"북쪽의 통운가(通運街)로 들어갔다는 말을 듣긴 했는데……."

"하여간…… 찍어서 먹어보기 전에 말하면 입에 종기가 나나?"

"우리가 아는 것은 거기까지야. 통운가에서 꼬리를 놓쳤거든."

"사람은 남겨두었어?"

"물론이지."

"좋아, 그럼 내일 똥개 사냥을 해보자고."

*　　　*　　　*

사운평은 일단 천해장으로 돌아갔다.

"분위기 끝내주는군."

천해장의 밤은 을씨년스러웠다.

불도 켜져 있지 않고 사람도 없다 보니 금방이라도 귀신이 나올 것처럼 으스스했다.

거기다 한겨울 찬바람이 정원의 앙상한 가지를 흔들어댈 때에는 귀곡성마저 흘러나오는 듯했다.

"제길, 집을 팔려고 해도 사려는 사람이 있을지 모르겠네."

사운평은 투덜거리며 방 안으로 들어가서 불을 켰다.

그러고는 객잔에서 가져온 술병과 안주를 탁자에 놓고 앉았다.

아무도 없는 곳에서 유지에 쌓은 안주를 먹으니 초혜의 빈자리가 절실하게 느껴졌다.

"쳇, 초혜가 있으면 맛있는 요리를 만들어줄 텐데……."

초혜는 괜찮을까?

천방지축 날뛰다가 다치진 않았을까?

이문의 죽음으로 마음이 많이 상했을 텐데…….

사운평은 심란한 마음으로 술을 한 잔 목 안으로 넘겼다.

그때 장원의 문이 열리는 소리가 났다.

'누구지?'

귀찮아서 들어올 때까지 기다리려고 했던 사운평의 눈이 어느 순간 휘둥그레졌다.

"저기…… 누구 계세요?"

가냘픈 소년의 목소리.

사운평은 벌떡 일어나서 황급히 방을 나섰다.

장원 입구 쪽에서 영소가 다가오고 있었다.

"영소야!"

영소는 방에서 나온 사람이 사운평인 걸 알고 왈칵 눈물을 쏟았다.

"문주니이이임!"

영소는 우는 소리를 내지르며 사운평에게 달려왔다.

사운평은 두 손을 펼쳐서 영소를 안았다.

그러고는 영소가 한참 만에 울음을 멈추자 물었다.

"어떻게 된 거냐?"

영소는 비명소리가 들리자 곡식을 저장해 놓는 지하창고로 숨었다.

하루가 지나서 밖으로 나온 영소는 관군이 지키는 장원을 몰래 빠져나와서 상선로 쪽으로 도망쳤다.

상선로에는 잘 아는 약초방이 몇 군데 있어서 한 몸 숨기는 것은 어렵지 않았다.

그런데 저녁 무렵, 약초방의 주인이 말해주었다.

살인사건이 일어난 장원에 주인이 돌아왔다고.

"여기서 도망친 몇 분이 상선로 집에 왔다간 것 같았어요."

"나도 가봤다."

"근데 그 후로는 어디로 갔는지 모르겠어요."

천의산장조차 찾지 못하는 사람들을 영소가 어찌 찾을 수 있을까.

"어쨌든 네가 무사해서 정말 다행이다."

사운평은 영소의 머리를 쓰다듬었다.

살아 있어준 것이 너무나 고마웠다.

이문과 구광을 잃은 슬픔이 덕분에 반은 가라앉은 듯했다.

'이제 사람들을 찾는 일만 남았군. 날이 밝는 대로 개방을 만나봐야겠어.'

第七章

화살 하나로 쥐새끼와
똥개를 함께 잡는 법

다음 날 아침.

사운평은 천해장을 나서서 남문 외곽으로 나갔다.

그의 목적지는 낙수에서 멀지 않은 곳에 있는 관운묘였다.

정확히는 관운묘의 뒤쪽에 있는 낡은 사당.

그곳에는 낙양의 거지들이 모여살고 있었는데, 그 거지들이 바로
강호문파인 개방제자들이었다.

개방은 한때 천하제일의 정보문파로 강호에서 막강한 영향력을 행
사했다.

하지만 그들이 지나치게 커지는 것을 경계한 구문팔가가 거리를
두면서 그 힘이 많이 약해했다.

그 후 신주구세가 득세하면서부터는 강호 활동마저 위축되었다.

최근에는 무림맹이 다시 결성되었음에도 주력으로 끼어들지 못하는 상태고.

그러나 사운평은 개방의 저력을 무시하지 않았다.

언젠가 사부가 말했다.

　"다른 놈들은 개방이 죽은 줄 알아. 웃기는 소리지. 그들은 수십 년 동안 힘을 키웠어. 전처럼 견제 받을까봐 드러내지 않는 것뿐. 혹시라도 개방과 얽혀들면 무조건 피해."

개방은 부와 명예를 내려놓았다는 자부심으로 뭉친 정파다. 마도라면 이를 가는 집단.

게다가 정보라면 천하제일이다.

살수라면 절대 피해야할 존재.

그럼에도 사운평은 위험을 감수하기로 했다. 개방의 정보망은 그 정도 가치가 있었다.

그가 사당으로 접근하자 근처에서 어슬렁거리던 거지들이 하나 둘 일어나서 다가왔다.

사운평은 그들 중 좌측에서 다가오는 사십 대 중년거지를 바라보며 말했다.

"분타주를 만나고 싶소만."

"무슨 일로 분타주를 만나겠다는 건가?"

"뭐 좀 알아볼 게 있소."

"뭘 알아보겠다는 건가?"

"귀하가 분타주요?"

"아니네."

"그럼 분타주께 말씀드려주쇼. 은자 삼백 냥짜리 정보 좀 사고 싶다고."

중년거지는 사운평을 빤히 바라보았다. 거친 수염 사이로 누런 이가 드러났다.

거지 집에 와서 은자 삼백 냥을 내놓겠다고?

거지가 거부하기에는 너무나 거금이었다.

"따라오게."

그가 붉게 느껴지는 손을 들어서 손가락을 까딱거렸다.

벽에 금이 가고 지붕의 기와가 반쯤 벗겨진 낡은 사당 안은 제법 넓었다.

사운평이 들어갔을 때 넓은 사당 안에는 모두 다섯 명이 있었다.

오십 대쯤으로 보이는 거지 하나와 삼사십 대의 거지 넷.

오십 대 거지는 얼굴이 붉어서 주독에 걸린 듯 보였는데, 그 거지가 바로 낙양분타주인 홍면개였다.

홍면개는 아침부터 찾아온 사운평을 카랑카랑한 목소리로 맞이했다.

"무슨 정보를 얻고 싶어서 은자 삼백 냥을 내겠다는 건가?"

사운평은 바로 본론으로 들어갔다.

"얼마 전, 동학로의 장원에서 사람이 많이 죽은 사건이 발생했다는 건 아시죠?"

잘 안다. 그 사건이 천의산장과 연결되어 있으니 모를 수가 없다.

"물론 알고 있네."

"그때 몇 사람이 살아서 도주했다는 것도 아실 거고요."

"그것도 알고 있지."

"제가 알고 싶은 것은 그 사람들의 행방입니다."

"쉽지 않은 일이군. 내가 알기로는, 남화장에 있는 천의산장과 검천성 무사들이 낙양 일대를 다 뒤졌는데도 찾지 못했다고 하던데 말이야."

"그들은 모두 여섯 명이죠. 남자 넷과 스물도 안 된 여자 둘. 대부분 부상을 입어서 남의 눈에 잘 띌 수밖에 없죠. 아마 개방제자들이라면 누군가가 봤을 겁니다."

"개방제자들이 많긴 하지만 천하를 다 덮을 정도는 아니네."

"그 정도 특색이 있는 사람 여섯이라면, 굳이 천하를 덮을 정도의 능력이 없어도 찾을 수 있죠."

"흠, 그건 그렇지."

"어쩌면 그들의 행방을 개방에서 이미 알고 있을지도 모르죠."

"클클클, 우리 개방의 능력을 너무 과대평가하는군."

"나는…… 개방이 이미 과거의 힘을 거의 다 되찾았다는 걸 알고 찾아온 거요."

홍면개의 얼굴에서 웃음이 사라졌다.

"과거의 힘이라……. 무슨 말인지 모르겠군."

"낭중지추라는 말이 있죠. 아무리 감춰도 주머니 속의 송곳은 튀어나오게 되어 있는 법입니다. 여기 계신 분들만 봐도 개방의 힘을 대충은 알겠는데요?"

"클클클. 재미있는 젊은이군. 우리 같은 거지들을 그렇게 높이 평가해주다니."

"거지는 뭐 사람 아닙니까? 일반 사람과 다르게 평가할 이유는 없죠."

"하지만 그렇게 생각하지 않는 사람들이 많다네."

"그 사람들이 이상한 겁니다."

홍면개의 얼굴이 조금 더 붉어졌다. 두툼한 입술이 씰룩이는데 웃음을 참는 듯했다.

"나는 자네가 더 이상하게 보이는군."

"저런! 저처럼 잘 생긴 청년을 이상하게 보시다니."

"오래 살다 보면 사람 보는 눈이 조금은 생긴다네. 자네는 일반적인 사람과 분명히 달라."

"피곤하게 사시는군요. 그냥 보이는 대로 보면 되는데, 뭘 그렇게 따지십니까?"

"피곤하게 산다? 흠, 그래, 어쩌면 자네 말이 맞을지도 모르겠군. 하지만 어쩔 수 없다네. 그렇게 살지 않으면 언제 누가 내 뒤통수를 갈길지 모르거든?"

"분타주 눈에는 제가 뒤통수 갈길 사람처럼 보입니까?"

"그럴 사람은 아닌 것 같군."

"그럼 됐죠 뭐."

철컹.

사운평이 품속에서 주머니 하나를 꺼내 홍면개 앞에 던졌다.

"선수금으로 은자 백 냥입니다."

홍면개가 주머니를 집었다.

"클클클, 이 돈이면 낙양의 거지들이 며칠은 배곯지 않겠군."

"찾아내면 이백 냥을 더 드리죠."

"젊은 친구가 통이 크군."

"그럼 거래가 이루어진 것으로 알겠습니다."

"언제까지 알아보면 되나?"

"최대한 빨리."

사운평은 거래가 끝나자 미련 없이 사당을 나갔다.

홍면개 등은 그가 나갈 때까지 쳐다보기만 했다.

사운평이 멀어진 것을 확인한 후에야, 손이 붉은 중년거지가 먼저 입을 열었다.

"듣던 대로 겁이 없는 놈이군요."

"겁이 없다? 그게 아니라 무서운 놈이라고 해야 맞을 거다."

"청부문파의 주인이 뭐 그렇게 대단해서……."

"쯔쯔쯔, 적수, 공손무곡과 맞장 뜬 놈이 대단하지 않으면 누가 대단하단 말이냐?"

홍면개가 혀를 차며 중년거지, 적수개를 한심하다는 듯 바라보았다.

역시나 그들은 사운평의 정체를 알고 있었다.

하지만 자신들이 파악한 사실이 열 중 한둘에 불과하다는 걸 생각도 못 하고 있었다.

하긴 알아낸 사실만으로도 뭐 이런 놈이 있나 싶은데, 어찌 그보다 훨씬 더 위험한 인간이라는 걸 생각이나 했겠는가.

"애들 시켜서 장원을 철저히 지켜보라고 해."

"예, 분타주."

"놈이 조금 전에 말한 자들을 본 사람 있으면 즉시 보고하라 전하고."

"놈의 요구를 순순히 들어줄 생각이십니까?"

"돈을 받았으면 당연히 그 값을 해야지. 어쩌면 잘된 일일지도 몰라. 아무래도 그 사건의 배후에 뭔가 거대한 음모가 깔려 있는 것 같거든."

말을 맺는 홍면개의 눈빛이 차갑게 번뜩였다.

'어쩌면 우리 개방이 오랜 잠에서 깨어났다는 걸 만천하에 알릴 수 있는 기회일지도…….'

*   *   *

오시 초, 사마중엽이 천해장으로 사운평을 찾아왔다.

사운평은 사마중엽의 표정만 보고도 상황을 짐작할 수 있었다.

"찾았어?"

"운이 좋았네."

마치 뭔가를 해냈다는 표정. 어린아이가 칭찬받고 싶어 하는 그런 표정이었다.

'보기보다 순진한 사람이군.'

조금은 무뚝뚝해서 재미없게 느껴졌거늘.

사마중염은 사운평이 자신을 어떻게 생각하는지도 모르고 살짝 들뜬 목소리로 말했다.

"남화장에 들어가서 뒷문 쪽 거처를 주로 찾아보았지. 한 시진가량 오가면서 몇 번이나 살펴보았는데도 보이지 않아서 다른 곳으로 가려는데 그가 방에서 나오지 뭔가."

"누구 방에서?"

"두수(斗宿) 서명후의 방이었네."

서명후는 이십팔수 중 현무칠수의 수장으로 천의산장 사방전 중 현무전의 책임자다.

"그놈이 누군데 현무전주의 방에서 나왔지?"

"현무칠수 중 허수(虛宿) 장각이더군."

사운평의 눈빛이 차갑게 번뜩였다.

"그럼 현무칠수가 전부 은천령과 관계된 자들일 가능성도 배제할 수 없겠는데?"

"그럴지도 모르지."

"그는 아직 남화장에 있나?"

"내가 나올 때까지는."

"그럼 일단 밖으로 불러내야겠군."

"밖으로 불러낸다? 잡을 생각인가?"

"일단 하나부터 잡은 다음 윗선을 파고들어가는 게 좋겠어."

"생각해 본 방법이라도 있나?"

씩, 냉소를 지은 사운평이 또박 또박 말했다.

"타 · 초 · 경 · 사. 내가 제일 좋아하는 병법이지."

"풀을 쳐서 뱀을 놀라게 한다?"

"기어 나오게 하는 거지. 뱀들이 숨어 있는 땅까지 뒤집어버리면 좋겠는데, 그러려면 시간이 걸려."

사마중염은 자신도 모르게 가슴이 싸늘하게 식었다.

어떤 때는 한없이 가볍게 보이고, 어떤 때는 소름이 끼칠 정도로 냉정하게 느껴진다.

일을 대충 처리하는 것처럼 보여도 나중에 보면 철저한 계산이 깔려 있다.

'어떤 게 진짜 모습인지 모르겠군.'

확실한 것은, 겉만 보고 판단해서는 절대 안 될 사람이라는 것이다.

"통운가 쪽은 어때?"

"지금 조사 중이네."

"그래? 그럼 그들을 이용해야겠군. 잘하면 화살 하나로 쥐새끼와 똥개를 함께 잡을 수 있겠어."

*　　　　*　　　　*

장각은 오랜만에 점심식사를 마치고 자신의 방에서 차를 즐겼다.

요즘처럼 긴장을 풀지 못할 정도로 상황이 급박하게 흐를 때는 차 한 잔 마실 여유도 갖기 힘들었다.

'왠지 느낌이 좋지 않아.'

찻잔을 내려놓은 그는 허공을 보며 인상을 찌푸렸다.

돌아가는 상황이 영 마음에 안 들었다.

무언가가 자꾸 어긋나는 듯했다.

그 시작은 천해장 공격이 실패하면서부터였다.

한 놈도 살려 보내선 안 되었는데, 한 놈도 아니고 여러 명이 살아서 도주했다.

게다가 천해장의 주인이라는 젊은 놈은 자신들이 예상했던 것보다 훨씬 강했다.

귀살단 일대가 그 한 놈에게 무너지다니.

어이가 없다 못해 가슴이 서늘하게 식을 지경이었다.

'그놈을 처리하지 못하면 일이 이상하게 꼬이겠어.'

귀살단원에게 들은 말이 한 치도 거짓이 없는 진실이라면 문제가 더 심각할 수도 있었다.

'전주는 놈을 어떻게 상대할 생각인지 모르겠군.'

이런저런 생각에 잠겼던 그는 자리에서 일어나 방을 나섰다.

아무래도 전주를 직접 만나서 대처 방법을 논의하는 게 나을 듯했다.

그런데 후원을 막 나서려던 그가 멈칫했다.

마침 후원으로 통하는 월동문 앞을 무사 둘이 지나가고 있었다.

복장을 보니 검천성 무사들인 듯했다.

그의 관심을 끈 것은 그들이 나누는 이야기였다.

"수상한 놈들이 통운가 쪽에 있다며?"

"그렇다고 하더군."

"그 빌어먹을 놈들 때문에 우리만 이게 무슨 꼴이야? 날도 추운데 계속 순찰이나 돌아야 하고."

"대공자께서 통운가 쪽에 있다는 놈들을 잡으면 조용해지겠지 뭐."

"언제 공격하는데?"

"간부들에게 점심 먹고 모이라고 했데. 지금쯤 모이고 있을걸?"

두 무사가 지나간 뒤로도 장각은 밖으로 나가지 못했다.

'제기랄! 조용히 숨어 있을 것이지!'

서명후를 찾아가려던 그는 생각을 바꾸었다.

당장 급한 것은 그와의 논의가 아니다. 통운가 쪽에 있는 귀살단의 정체가 드러나면 자신들조차 위험해질지 모르는 것이다.

월동문을 나선 그는 지나간 검천성 무사들의 반대쪽으로 몸을 틀었다. 당연히 서명후의 방과도 멀어졌다.

$*$ $*$ $*$

사운평과 사마중염은 남화장 뒷문을 바라보며 내심 쾌재를 불렀다.

장각이 나오고 있었다.

"진짜 그가 남화장을 나왔군."

"통운가로 갈 거야."

사마중염은 슬쩍 눈을 돌려서 사운평을 바라보았다.

장난처럼 말한 사운평의 계책에 실소가 나왔었다.

설마 그런 수작에 넘어가겠어? 상대가 어떤 놈들인데?

그런데…… 진짜 넘어갔다.

'천하제일해결사 운운한 것이 장난이 아니었어.'

그때 사운평이 여전히 앞을 보며 말했다.

"내 얼굴이 좀 잘 생기긴 했지. 우리 연연이도 그래서 반했어. 뭐, 얼굴보다 순한 마음 때문에 날 더 좋아하지만."

저런 말을 할 때는 영락없이 덜 떨어진 애송이 같은데…….

슬그머니 시선을 돌린 사마중염이 짐짓 무거운 표정으로 말했다.

"장로 세 분과 본 성의 무사들을 통운가 쪽으로 보냈네. 내가 갈 때까지는 통운가로 들어가지 말고 은신해 있으라 했지. 그런데 대공께 보고하지 않아도 될지 모르겠군."

"어떤 놈이 적인지도 모르잖아?"

"그건 그런데……."

"왜, 검천성의 힘만으로는 자신 없어?"

사운평의 입에서 그 말이 떨어진 순간, 사마중염의 눈빛이 번쩍 빛을 발했다.

"가세!"

장각은 곧장 통운가로 향했다.

의심을 살까봐 급하게 걸음을 서두를 수도 없으니 속이 새카맣게 타는 기분이었다.

'그토록 기다리던 날이 이제 코앞으로 다가왔는데, 그 따위 실수를 하다니.'

통운가 쪽 책임자는 귀살단 부단주 모상이다. 모상은 오십 명으로 이루어진 귀살단을 이끌고 나왔다.

자신이 현무전주를 따른다면 귀살단은 각주를 따르는 자들.

목적은 같아도 자신과는 앙숙이나 다름없는 사이다.

'만약 놈의 과욕 때문에 이 사단이 일어났다면, 이 기회에 놈을 정리하는 게 낫겠어.'

짜증이 분노로 변하더니, 결국은 살심으로 발전했다.

두 사람이 멀리서 바라보며 지지고 볶는 것도 모른 채.

"저 멍청한 놈이 비밀거점으로 들어가면 열을 센 후 바로 공격을 시작해."

"너무 일찍 공격하면 놈들이 눈치 채고 도주할지도 모르잖은가?"

사운평이 사마중염을 향해 고개를 돌렸다.

사마중염은 사운평의 표정을 보고 기분이 묘해졌다.

한심해 하는 표정, 금방이라도 혀를 찰 것 같은 표정이었다.

"수하들 피해 덜 보는 게 중요해, 몇 놈 더 잡는 게 중요해?"

"어느 정도 피해는 감수해야겠지."

"그럼 좋을 대로 해. 단, 나중에 질질 짜면서 나 원망하진 마."

질질 짜?

참을성 좋은 사마중염도 그 말에 욱해서 인상을 쓰며 한마디 했다.

"말이 지나치군."

"안 한다면 다행이고. 근데 이것만은 명심해둬."

말을 중간에서 멈춘 사운평이 사마중염을 직시했다.

눈빛이 그 어느 때보다 차갑게 느껴져서 사마중염은 눈알이 얼어붙는 듯했다.

"놈들은 강해. 철저히 살초만 쓰고, 두려움을 모르지. 놈들을 경시하면, 아마 당신 생각보다 많이 죽을 거야."

*　　　　*　　　　*

통운가의 객잔과 술집은 평상시와 다르지 않게 번잡했다.

대낮부터 취해서 소리를 고래고래 지르는 놈도 간혹 보였고, 그것만으로는 성이 안 차는지 주먹질로 기분을 푸는 놈들도 있었다.

장각은 그들이 한심하기만 했다.

잘 봐줘야 이십 대 중반 정도였다. 그 나이에 할 짓이 없어서 대낮부터 술에 취해 쌈질이라니.

'저 새끼 부모가 누군지 몰라도 속 깨나 썩었겠군.'

꼭 고향에 두고 온 자신의 동생을 보는 듯했다.

어찌나 망나니짓을 하는지 한 해에 열두 번은 복날 개잡듯 두들겨 패곤 했는데.

"뭘 봐, 개자식아! 너도 내 주먹 맛 좀 볼래?"

"다 덤벼! 월향이는 내 꺼야!"

싸우던 자들이 장각의 눈길을 의식하고 바락바락 소리쳤다.

장각은 쥐어 패고 싶은 마음을 꾹 참고 주위를 살피며 통운가 끝자락 골목에 있는 목적지로 향했다.

다행히 아직은 별 일이 벌어지지 않은 듯했다.

'들키지 않고 빼내는 것도 문제군.'

골목은 제법 큰 장원이 앞을 막으며 끝이 났다.

장각은 주위를 다시 한 번 둘러본 후 색 바랜 정문을 두들겼다.

탕탕탕!

나무로 된 정문은 칠이 벗겨지고 금이 가서 두들길 때마다 부서질 듯 흔들렸다.

"뉘쇼?"

안에서 누군가가 조심스럽게 물었다.

"하늘 너머에 사는 왕가네. 급하니 어서 문 열게."

끼이이익.

경첩이 비명을 지르며 정문이 열렸다.

"왕 대인께서 이 시간에 어쩐 일로……?"

장각이 급한 걸음으로 들어서며 물었다.

"모 부단주를 만나러 왔네. 안에 계신가?"

"계십니다."

"다행이군."

장각이 굳은 표정을 지은 채 안쪽으로 걸음을 옮기자, 문을 열어 준 장한이 급히 빗장을 걸고 뒤를 따라갔다.

'하나, 둘, 셋……'

사마중염은 속으로 열을 세었다.

본래는 안쪽 상황을 살펴본 후 공격하려 했다.

질질 짜지 말라는 말에 화가 나서 무슨 일이 있어도 자신의 뜻대로 할 생각이었다.

그런데 막상 장각이 들어간 장원이 저만치 보이자 생각을 바꾸었다.

그도 수하들이 많이 죽는 것은 원치 않았다.

일이 어긋나면 그때 가서 따져도 될 일.

일단 사운평의 말대로 하는 게 나을 듯했다.

넷, 다섯······.

"손 장로님께서 무검단과 함께 좌측을 공격하시고, 감 장로께서는 삼당 무사와 함께 우측을 맡아주십시오."

"알았네."

여섯, 일곱······.

"유 장로께서는 뒤쪽을 맡아주십시오."

손양태와 감추종에 이어서 유완이 무겁게 고개를 끄덕이고는, 손 짓으로 무사들에게 지시를 내리고 좌우로 달려갔다.

여덟, 아홉······.

"검천무령은 나와 함께 정면을 친다."

열!

"가자!"

사마중엽이 몸을 날리며 검을 뽑았다.

사운평도 미끄러지듯 앞으로 나아갔다. 어느새 그의 손에는 칼이 들려 있었다.

'기왕이면 항복하지 말고 끝까지 덤벼라. 천해장에서 죽은 사람들이 저 하늘에서 쳐다보고 있는데, 손이 떨리면 쪽팔리잖아!'

쾅!

난데없는 폭음.

장각은 방 안에서 나오는 모상을 향해 다가가다 말고 휙 고개를 돌렸다.

부서진 정문의 잔재가 사방으로 비산하고 있었다.

그 뒤로 보이는 자들.

그들 중 하나를 알아본 장각이 눈을 부릅떴다.

"사마중염?"

그때였다.

사운평이 장원 안으로 뛰어들며 소리쳤다.

"장각 어른! 계획대로 포위했소이다!"

"뭐? 무슨 개소리를……?"

"장각 어른은 이제 물러서십시오!"

"저 미친 새끼가 무슨……!"

"모두 공격해에에!"

사마중염조차 사운평의 말에 잠깐 정신이 멍할 지경이었으니 장각과 모상은 오죽했으랴.

그래도 제일 먼저 정신을 차린 사람은 사마중염이었다.

"장각 어른부터 구해!"

그가 전염된 듯 사운평을 흉내 내며 악을 썼다.

동시에 안쪽에서 회의인들이 메뚜기처럼 튀어나왔다.

"한 놈도 놓치지 마라!"

"안쪽으로 들어가!"

손양태와 감추종도 좌우 담을 넘어서 안으로 짓쳐들었다.

모상의 살모사 같은 눈이 쭉 찢어지며 치켜 올라갔다.

"장각! 감히 네가 배신을 하다니!"

장각이 정신없이 고개를 저었다.

"나, 난…… 내가 데려온 게…….."

하지만 그가 말을 마치기도 전에 모상이 뒤로 튕기듯이 물러섰다.

장각은 자신을 배신자로 만든 사마중염과 사운평을 향해 돌아서며 죽일 듯이 노려보았다.

"어디서 개수작을……!"

사마중염은 이 장 거리를 두고 멈춰 섰다.

그러나 사운평은 멈추지 않고 장각에게 다가가며 씩 웃었다.

"장각 어른은 내가 구해줄 테니, 사마 형은 안쪽이나 정리하쇼."

"미친놈!"

장각이 검을 빼며 사운평을 향해 뻗었다.

분노가 서린 검에서 시퍼런 검기가 피어났다.

사운평은 보지 못한 듯 장각의 검세 안으로 뛰어들며 무영천살도 중 일섬단천을 펼쳤다.

쩡!

장각의 눈이 찢어질 듯 치켜 올라갔다.

거센 충격이 온몸을 뒤흔들었다.

하지만 절정 경지에 오른 고수답게 이를 악물고 찰나에 칠검을 쏟아냈다.

사운평은 눈빛 한 점 흔들리지 않고 장각의 검세를 하나하나 파훼했다.

다른 때와 달리 오직 힘으로.

떠덩! 쾅! 콰광!

결국 충격을 더 이상 견디지 못한 장각의 입에서 억눌린 신음이 터져 나왔다.

"크으윽!"

검을 잡고 있던 손은 뼈가 모두 탈구된 듯 아무런 감각도 없었다.

진탕된 내부에는 수천 근짜리 쇳덩이가 들어찬 듯했다.

얼굴이 참담하게 일그러진 그는 주춤거리며 물러섰다. 발조차 마음대로 움직여주지 않았다.

사운평이 그를 향해 바짝 다가갔다.

무표정한 얼굴, 차가운 눈빛이 장각의 두 눈을 송곳처럼 파고들었다.

"다른 놈은 다 죽어도 너는 아직 죽을 수 없어. 들을 말이 있거든."

"네놈은 누구……?"

"천해장의 주인."

사운평이 무심하게 말하며 좌수를 들어서 흔들었다.

커다란 손이 그를 덮쳤다.

한편, 검천성 무사들은 전력을 다해서 상대를 몰아붙였다.

"생포할 생각하지 말고 죽여라!"

손양태가 악을 썼다. 그 평생 오늘처럼 악을 써보기는 처음이었다.

적은 강하고, 두려움을 몰랐다. 심지어 죽음에 대한 공포조차 없었다. 펼치는 초식은 철저히 살초였고.

검천성 무사들 역시 살초를 망설이지 않았다.

자신만만하게 공격했다가 너무나 큰 대가를 치렀다. 잠깐 사이에 동료가 이십여 명이나 쓰러진 것이다.

검천성 무사들은 그들을 잃고서야 깨달았다.

진실은 오직 하나라는 걸.

기회가 왔을 때 죽이지 않으면 자신이 죽는다!

사운평은 장각을 점혈해서 한쪽에 던져 놓고 모상이 간 뒷마당 쪽으로 뛰어들었다.

사마중염과 감추종이 모상과 치열한 접전을 벌이고 있었다.

창백한 안색, 어깨와 가슴은 물론 다리까지 피로 절은 감추종이 금방이라도 쓰러질 듯 비틀거렸다.

아마도 감추종이 위기에 처하자 사마중염이 합공에 나선 듯했다.

"저, 저놈입니다, 부단주!"

한쪽에서 검천무령과 싸우던 회의인 하나가 하얗게 질린 표정으로 소리쳤다. 갈대밭에서 도주한 자 중 하나였다.

모상은 그자의 말뜻을 바로 깨달았다.

귀살단 일대가 죽이려 했던 자.

귀살단 일대를 통째로 피구덩이에 묻은 자.

그가 왔다!

모상은 전력을 다해서 유엽도를 휘두르며 사마중염을 공격했다.

동귀어진의 수.

사마중염은 상대의 의도를 눈치 채고 뒤로 물러섰다.

모상이 그 틈을 이용해서 담장 쪽으로 몸을 날렸다.

"흥! 어딜 도망치려고?"

사운평이 냉랭히 코웃음을 치며 뒤따라갔다.

사마중염이 고개를 돌렸을 때, 사운평은 이미 뒷마당에서 사라진 후였다.

'정말 믿을 수 없게 빠른 신법이군.'

담장을 넘은 모상은 자신의 앞에서 나타나는 사운평을 보고 이를 악물었다.

걸음을 멈추면 죽어! 어서 도망쳐!

뇌리 속에서 본능이 아우성쳤다.

그는 오른손의 유엽도에 전 공력을 집중시킨 채 사운평을 향해 쇄도했다.

찰나에 펼쳐진 십이도가 허공을 갈랐다.

허공 가득 도영이 부챗살처럼 퍼졌다.

"제법인데?"

사운평은 망설임 없는 모상을 높게 평가했다.

무공은 이제 막 절정에 이른 정도. 그러나 예민한 감각과 냉정함, 빠른 판단력이 더해지면서 지닌 무위보다 더 강하게 느껴졌다.

그래봐야 달라질 것은 없지만.

사운평은 모상을 직시한 채 도를 내리그었다.

후우웅!

가공할 기세가 벼락처럼 떨어졌다.

무영천살도와 천추오검의 장점을 섞어 만든 무공초식 중 만천단세였다.

쩌저저적!

하늘과 함께 모상이 펼친 도영마저 갈라졌다.

그 직후, 쩡! 소리와 함께 모상이 움찔하며 부르르 떨었다.

이마를 가르며 나타나는 선연한 한줄기 홍선.

홍선에 방울방울 피가 맺히자 모상의 몸이 스르르 무너졌다.

*   *   *

사운평은 혈도를 짚어놓은 장각을 옆구리에 끼고 천해장으로 돌아갔다.

사마중염과 손양태는 부상자와 시신에 대한 처리를 장로 유완에게 맡겨놓고 사운평을 따라갔다.

천해장에 도착한지 이각 후.

사마중염은 장각을 닦달하고 있는 사운평을 보며 얼굴이 창백하게 굳었다.

'정말 지독한 친구군.'

사운평은 사마중염과 손양태의 입회하에 장각을 심문했다.

말만 심문이지 고문이나 다름없었지만.

두 사람을 입회시킨 것도 행여나 심문 중에 장각이 죽으면 증인이
필요하기 때문이었다.

"천해장을 공격할 때 어떤 놈이 대장이었지?"

"누가 천의산장에 숨어 있는 쥐새끼들을 지휘하고 있지?"

"은천령의 최고 대빵은?"

"총단은 어디야?"

사운평은 그 네 가지를 주로 물었다.

이각 동안 퍼부어댄 수십 가지 질문은 그 넷에서 파생된 것에 불과
했다.

장각은 당연히 입을 열지 않았다.

사운평은 대답을 안 한다며 장각을 무자비하게 팼다.

장각은 고통보다 참담함 때문에 눈물이 나왔다.

'천해장의 주인이 이런 미친놈인 줄 알았다면, 벌을 받는 일이 있
어도 천해장 공격을 말렸을 텐데…….'

참으로 피를 토하고 싶을 정도로 후회막급했다.

"우웩!"

장각은 결국 시뻘건 핏덩이를 토하며 앞으로 꼬꾸라졌다.

사운평은 그 모습을 보면서도 눈썹 하나 까딱하지 않았다.

"이제 시작이야. 벌써 죽는 시늉하면 안 되지."

"주, 죽여…라. 네놈… 내 입에서… 아무 말도… 들을 수 없을 것…….."

"미리 말하는데, 조금 고통스러울 거야."

꼬꾸라진 채 이를 갈던 장각의 몸이 잘게 떨렸다.

뭐? 조금 고통스러울 거라고? 그럼 지금까지의 고통은?

"칠혼추혈(七魂抽穴)이라고 들어봤어? 모른다고? 그럼 지금이라도 알아 둬. 그래야 칠혼추혈이 왜 지옥에서도 퇴출된 고문법이라고 하는지 이해할 수 있을 테니까."

장각은 무심하게 흘러나오는 사운평의 목소리를 듣는 것만으로도 몸이 으슬으슬 떨렸다.

"아, 아무리 그래도… 나는… 절대 말을…….."

"혈도 일곱 곳을 다 짚으면, 아마 온몸에 철침이 솟은 뱀이 몸속을 훑고 지나가는 것처럼 고통스러울 거야. 똥구멍을 가시 달린 방망이로 후빈다고 생각하면 돼. 그때가 되면 너무 고통스러워서 말도 할 수 없을 테니, 하고 싶은 말 있으면 고개를 끄덕여."

쿡!

사운평이 말하면서 나무막대기로 왼쪽 겨드랑이 위쪽의 중부혈을 강하게 찔렀다.

"크읍!"

뒤이어 가슴 아래쪽의 기문혈과 배 쪽의 천추혈을 깊숙하게 찔렀다.

장각이 움찔하며 눈을 치켜떴다.

'헉!'

이상했다. 뭔가가 스멀거리며 자신의 몸속을 기어 다니는 듯했다.

"될 수 있으면 여섯 번째 혈도가 찍히기 전에 말해. 여섯 번째 혈도까지 찍고 나면, 운이 좋아 산다 해도 병신이 되어서 걸어 다닐 수 없게 되거든."

사운평의 목소리가 점점 스산해지면서 네 번째 혈도가 찍혔다.

기어 다니는 느낌이 점점 강해졌다.

똥구멍도 간질거렸고, 떨림도 점점 심해졌다.

"이, 이…… 악랄한……."

"이숙의 목뼈를 부러뜨려서 죽였더군. 두 다리뼈가 다 부러져서 몇 달 동안 누워 있다 이제 겨우 일어난 분인데. 그에 비하면 나는 참 순한 사람이지 뭐. 안 그래?"

쿡!

사운평이 마침내 다섯 번째 혈도를 찍었다.

장각의 입이 쩍 벌어졌다.

"크억!"

달구어진 쇠꼬챙이가 몸속을 휘젓는 듯했다.

"그래, 안 그래?"

재차 묻는 사운평의 목소리가 약간 높아졌다.

그것만으로도 장각은 물론 사마중염과 손양태마저 소름이 쫙 끼쳤다.

"원래는 뼈와 힘줄을 하나하나 뽑으려고 했지. 인간이 고통을 어디까지 버틸 수 있나 시험도 해볼 겸. 근데 사람들은 내 속도 모르고 나에게만 너무한다고 할 거 아냐? 그래서 참는 거야."

사운평이 얼음굴에서 흘러나오는 냉기보다 배는 더 차가운 목소리로 말하며 나무막대기를 들어서 아랫배 쪽으로 가져갔다.

시커먼 나무막대기가 아랫배에 닿는 듯 느껴지자, 장각이 학질 걸린 사람처럼 덜덜 떨었다.

"그, 그, 그게……."

"말하기 싫으면 하지 마. 어차피 여기까지 왔는데, 더 버텨보는 것도 좋지 뭐."

나무막대기가 아랫배를 파고들었다.

"마, 말하겠……!"

"일단 여섯 번째 혈도까지는 찔러 보고."

"말한다니까!"

마침내 장각의 의지가 무너지고, 그 자리에 공포가 들어찼다.

사운평은 손을 멈추고 장각을 물끄러미 내려다보았다.

장각은 아무 것도 읽을 수 없는 사운평의 눈을 보고 더 이상 버티지 못했다.

"마, 말해주겠어. 크흐흑, 내가 아는 것을 다 말할 테니, 제발 고통없이 죽여줘."

사운평이 고개를 돌려서 사마중염과 손양태를 향해 손가락을 까닥였다.

"이리 와서 두 사람이 증인이 되어줘."

사마중염과 손양태는 불에 덴 사람처럼 움찔하더니 후다닥 사운평의 곁으로 다가왔다.

　장각은 자신이 아는 사실을 모두 털어놓았다.

　자신이 누구의 지휘를 받는지, 남화장에 있는 동료가 몇이나 되는지 등등.

　하지만 은천령에 대해선 아는 것이 생각보다 많지 않았다.

　'우리와 비슷한 조직이 몇 개 더 있다.' '명령이 떨어지면 내부를 흔들어서 힘을 약화시키는 것이 우리 임무다.' 는 정도가 아는 것의 전부일 뿐.

　심지어 천의산장 내 최고 우두머리가 누구인지도 알지 못했다.

　장각 정도 되는 사람이 수뇌부를 모르다니. 정말 철저한 자들이 아닐 수 없었다.

　그런데 심문이 끝나갈 즈음, 사운평의 질문에 뜻밖의 대답이 나왔다.

　"좋아, 그럼 마지막으로 몇 가지만 더 묻지. 장원에서 도주한 사람들이 어디로 갔는지 알아?"

　"귀살단이 그들을 북쪽으로 하루 정도 쫓았지만 놓쳤다."

　눈을 치켜뜬 사운평이 다급히 물었다.

　"어디서 놓쳤지?"

　"정확히는 모르고, 서곡까지 쫓았다는 말만 들었다."

　심문을 끝낸 사운평은 손가락 하나 까딱 못하는 장각을 지하창고에 집어넣었다.

그가 지하창고에서 나오자, 사마중염이 물었다.

"이제 어떻게 할 건가? 사람들을 찾으러 갈 건가?"

"놈들이 놓친 지 며칠이나 지났어. 지금쯤은 수백 리 떨어진 곳에 있을 거야."

그래도 북쪽으로 도주했다는 것, 은천령의 추적에서 벗어났다는 사실을 알아낸 것은 큰 소득이었다.

"그럼……?"

"이곳 일부터 처리하고 찾으러 갈 생각이야."

마음이야 당장 달려가고 싶었다.

하지만 꾹 참았다.

혼자 서두른다고 빨리 찾을 수 있는 게 아니다.

"일단 대공을 만나자고."

"장로님 생각은 어떻습니까?"

손양태는 사마중염의 말에 잠시 생각하더니 천천히 고개를 끄덕였다.

"지금으로선 그게 최선일 것 같네."

그때 사운평이 주의사항을 말해주었다.

"단, 이번 일은 내가 주관할 거요. 계약을 한 상태라 공짜로 알려줄 수는 없거든."

아무리 급해도 계산은 철저히 따져야 했다.

사마중염이 질렸다는 표정으로 물었다.

"언제 갈 건가?"

"지금. 이런 일은 시간을 끌어서 좋을 게 없어."

사마중염이 그럴 줄 알았다는 듯 어깨를 으쓱했다.

"장각에 대해선 어떻게 말할 건가?"

손양태가 물었다.

사운평은 무심한 어조로 답하며 몸을 돌렸다.

"일단 죽은 것으로 하죠."

사마중염이 멈칫했다.

몸을 돌리던 사운평이 그를 돌아다보았다.

"그의 목숨을 거두어야할 사람은 따로 있어. 이번 일은 빚진 것으로 하지."

第八章

개방과의 흥정

　공손무곡은 어깨에 힘을 잔뜩 주고 들어서는 사운평을 의미심장한 눈빛으로 바라보았다.

　안 그래도 불러들일 것인지, 아니면 직접 찾아갈 것인지 고민했었는데, 제 발로 찾아오다니.

　"무슨 일로 왔느냐?"

　"드릴 말씀이 있어서 왔습니다. 아주 중요한 이야기죠."

　착 가라앉은 눈빛, 음모를 꾸미는 자들이 주로 사용할 법한 은근한 목소리.

　정말 중요한 일이 있어서 왔나 보다.

　하지만 공손무곡은 사운평의 말을 듣기 전에 자신의 궁금증부터 풀고 싶었다.

"그래? 그런데 네 이야기를 듣기 전에 내가 먼저 하나 물어보마."

"그러시죠."

"전에 나를 찾아왔을 때 펼쳤던 장법, 왠지 눈에 익더군."

사운평은 가슴이 뜨끔했지만 태연하게 말했다.

"그렇게 감탄할 것까진 없습니다. 누가 길에 떨어뜨린 걸 주워서 익힌 거니까요."

"길에서…… 주웠다고?"

"일전에 천의산장에서 나와 집으로 돌아가는데, 길 한가운데에 책이 떨어져 있지 뭡니까. 그때 주웠죠."

한방 맞은 듯 공손무곡의 얼굴이 살짝 달아올랐다.

"책의 제목이 뭐였지?"

"앞쪽이 반쯤 찢겨나가서 알 수가 없었죠. 혹시 아시는 책입니까?"

공손무곡은, 낯빛 하나 변하지 않고 되묻는 사운평을 뚫어지게 쳐다보았다.

"아무래도 내가 전에 찾던 책 같네. 자네가 훔치지 않았다고 했던 그 책 말이야."

"예? 그럼 제가 주운 책이……."

주운 게 아니라 훔쳤겠지!

"자네가 펼친 장법과 그 책에 적혀 있는 무공이 비슷하거든."

"비슷한 무공이 어디 한두 가지입니까?"

그건 그렇다. 단지 자신이 봤을 때 비슷하게 느껴진 것일 뿐.

"그 정도로 비슷한 무공이 흔한 것도 아니지."

"대공께서도 그 무공을 펼칠 줄 아십니까?"

"아니네."

"그럼 비슷하다는 건 어떻게 아신 거죠?"

"그게……."

"그 무공을 다른 사람이 펼친 걸 보셨습니까? 누가 펼칠 줄 알죠?"

펼칠 줄 아는 사람은 없다. 아무도 익히지 못했으니까.

"그건……."

"좌우간 어쩌다 그렇게 귀중한 책을 잃어버리셨습니까? 귀한 책이면 잘 간수하셨어야죠. 그런데 그 책 제목이 뭡니까?"

"그건 알려줄 수 없다."

사마중염이 사운평 옆에 서 있었다. 그 책이 검천성에서 나온 책임을 안다면 일이 이상하게 흐를 수 있었다.

자칫해서 신궁과 은명곡의 귀에 들어가도 문제가 커질 것이고.

"아쉽군요. 제목을 알면 진짜 대공께서 잃어버린 책인지 알 수 있을지도 모르는데 말이죠."

"내가 그 책을 확인해보고 싶은데, 지금 너에게 있느냐?"

"태운 지 오래 되었죠."

공손무곡의 눈이 자신도 모르게 커졌다.

"태, 태웠다고?"

"처음에는 그렇게 중요한 책인지 몰랐거든요. 나중에 조금 외워놓은 걸 심심풀이로 익히다 보니 제법 괜찮은 무공이지 뭡니까? 제길! 이럴 줄 알았으면 태우기 전에 다 외워놓을걸."

무종무록을 외워서 익혀?

말도 안 되는 소리!

"외우기가 쉽지 않았을 텐데?"

"그렇게 어렵지 않던데요? 혹시 제가 주운 책과 대공께서 잃어버린 책이 다른 것 아닐까요?"

심증으로는 훔쳐간 책의 무공을 익힌 것 같은데, 표정에서 아무것도 찾아낼 수가 없다.

더구나 무종무록은 청부업자 따위가 대충 외워서 해석할 수 있는 것이 아니다. 운공비결도 없이 익히기는 더 어렵고.

이래저래 헷갈렸다.

'내가 잘못 알았나?'

공손무곡은 속이 부글부글 끓었지만, 일단 한발 물러섰다. 당장 잡아서 추궁할 수 없다면 시간을 두고 알아보는 나을듯했다.

"으음, 그럴지도 모르겠군."

"그럼 이제 제가 이야기해도 되겠습니까?"

"해봐라."

공손무곡은 사운평의 이야기를 얼마 듣지도 않고 벌떡 일어났다.

"뭐야? 장각이? 그게 사실인가?"

"여기 사마 형에게 물어보십쇼. 함께 잡았으니까."

사운평이 공을 사마중염에게 넘겼다.

"중염, 운평의 말이 사실이더냐?"

한편, 꿀 먹은 벙어리가 된 사마중염은 몇 번이나 숨을 멈추었다가 소리 나지 않게 한숨을 쉬었다.

반 시진 전의 그 살벌하던 사운평은 어디로 가고, 능글능글한 여우 한 마리가 눈앞에 있다.

완벽한 감정조절. 대공을 저렇게 태연하게 요리할 수 있는 사람이 천하에 몇이나 될까?

하지만 그는 자신의 차례가 되자, 넘치지도 모자라지도 않을 정도로 사정을 설명했다.

"사실입니다, 대공. 수상한 자들이 통운가로 들어갔다는 말을 듣고……."

다만 장각에 대한 내용은 사실을 살짝 비틀었다.

사실대로 말하면 미리 보고하지 않은 것에 대한 책임추궁이 뒤따를 수 있었다.

"……그들을 미행해서 놈들이 숨어 있는 곳에 도착했는데, 그곳에 장각이……."

오면서 사운평과 말을 맞추었기에 거침이 없었다.

"다행히 장각을 생포해서 고문했더니, 그가 죽기 직전에 고통을 이기지 못하고 몇 가지 놀라운 사실을 털어놓았습니다."

"놀라운 사실을 털어놓았다고?"

"예, 대공."

공손무곡의 눈빛이 차갑게 번뜩였다.

"너희들이 알아냈다는 사실이 뭔지 말해봐라."

그쯤에서 사운평이 다시 나섰다.

"말하기 전에 먼저 계산부터 하지요."

"계산?"

"은천령의 수뇌부를 잡은 것은 아니지만, 그에 못지않은 아주 중요한 사실을 밝혀냈습니다. 뭐, 살인자들 중에 천의산장 사람인 장각이 끼어 있었다는 것은 저에겐 아주 큰 충격이었지만요. 하아! 세상에, 천의산장 사람이 천해문 사람을 죽이는데 앞장서다니……."

사운평은 장각이 천의산장 사람이라는 점을 강조했다.

'천의산장도 책임이 크다!' 그 뜻.

공손무곡은 그 몇 마디만으로도 사운평의 속셈을 눈치 챘다.

그는 길게 따지고 싶지 않아서 단도직입적으로 물었다.

"얼마를 원하느냐?"

"금자 천 냥의 값어치는 충분하다고 봅니다. 물론 이전 계약과는 별도로 계산해야겠죠."

공손무곡은 속으로 이를 갈면서도 시원하게 결정을 내렸다.

"좋다, 주마. 이제 말해봐라."

          *   *   *

사운평은 자의 반 타의 반 혼자 남화장을 나섰다.

공손무곡은 천의산장의 일에 사운평이 끼어드는 걸 원치 않았다.

"그들은 우리가 처리할 테니, 너는 네 할 일이나 열심히 해라."

사운평도 순순히 물러섰다.

어차피 천해문을 공격한 놈들은 자신의 손으로 처리했지 않은가.

천의산장이 서명후와 현무칠수 중 오수(五宿)를 잡기 위해 피해를 본다 해도 자신에게는 나쁠 것 없었다.

'솔직히 피해가 크면 클수록 좋지 뭐.'

곧장 낙양성 남문을 나선 그는 개방의 낙양분타가 있는 사당으로 향했다.

홍면개는 사당 밖에 있었다.

벽에 기댄 채 햇빛을 즐기던 그는 사운평이 오는 걸 보고 허리를 세웠다.

"무슨 일로 또 오셨나?"

"알려 줄 것이 있어서 왔습니다."

"어디 말해 보게."

사운평은 장각에게 들었던 이야기를 해주었다.

"놈들이 천해문 사람들을 서곡까지 추적했다고 하니, 그 이후부터 살펴보면 좀 더 빨리 찾을 수 있을 거요."

홍면개는 그의 말을 듣고 눈빛을 번뜩였다.

"범인을 알아냈나 보군."

"운이 좋았죠."

"통운가에 있던 자들인가?"

역시 개방의 눈과 귀는 무시할 수 없었다. 거기다 코까지 개코인 문파가 개방 아닌가.

"잘 아시는군요."

"어떤 자들이었나?"

사운평은 바로 대답하지 않고 주위를 둘러보았다.

근처에 있던 개방제자 이십여 명이 다가오고 있었다.

얼핏 보면 아무 의미 없이 다가오는 듯했다. 그러나 움직임 하나하나가 퇴로를 막고 있었다.

그들을 둘러본 사운평의 시선이 다시 홍면개에게로 향했다.

"제 직업이 뭔지 모르시진 않을 겁니다."

"물론 알고 있네."

"그럼 정보를 그냥 넘겨주지 않는다는 것도 잘 아실 겁니다."

"클클클, 설마 거지들에게 돈을 받겠다는 것은 아니겠지?"

"제가 아무리 황금을 좋아해도 거지에게 돈 뜯을 정도로 독한 놈은 아닙니다."

"그럼 다른 것을 원하나 보군."

"역시 개방팔호(丐幇八豪) 중 한 분답게 눈치가 빠르시군요."

홍면개의 눈빛이 순간적으로 흔들렸다.

개방팔호. 단순한 이름 같지만, 그 이름에는 남들이 모르는 비밀이 숨어 있었다.

"제법 많은 것을 아는군."

"직업이 직업이어서 말이죠. 그런데…… 어째 분위기가 살벌한데요?"

개방제자들이 삼 장 거리를 둔 채 진세를 형성하고 있었다. 여차하면 공격하겠다는 듯.

홍면개는 사운평의 표정을 면밀하게 살펴보았다.

두려워하는 기색은커녕 은근히 즐기는 듯 보인다.

개방제자들의 진세쯤은 안중에도 없다는 태도.

한번 시험해 봐?

호기심이 그를 유혹했다.

실력이 얼마나 대단해서 천의산장조차 함부로 하지 못하는 걸까?

그때 사운평이 홍면개를 보며 나직하게 말했다.

"시험해보는 것은 좋은데, 나중에 후회 마쇼."

홍면개는 누런 이를 드러내며 웃으며 손을 저었다.

그의 손짓이 태풍이라도 되는 듯 개방제자들을 뒤로 밀어냈다.

"오해 말게. 고객에게 손을 쓸 정도로 고약한 사람들은 아니니까."

"그거야 두고 보면 알 일이고…… 어떻습니까, 우리 서로 정보를 교환하죠."

*   *   *

서명후는 회의소집 명령이 떨어지자 방을 나섰다.

"장각은 어디 갔지?"

점심 식사 후 올 줄 알았는데 오지 않았다. 수하를 보냈는데 방에 없다고 했다.

지금처럼 중요한 때에 자리를 함부로 비우다니.

그는 짜증을 내며 별원으로 들어갔다. 그때만 해도 깊게 생각하지 않았다.

그런데 전각 안에 들어선 순간 기이한 느낌이 들었다.

전각 안에는 간부들이 네 명밖에 없었다.

공손무곡과 금우경, 사공학, 공손수양.

회의를 한다고 했는데 왜 저들밖에 없는 걸까?

'왜 이리 늦지?'

반면 호위무사는 평소보다 배 이상 많아서 열 명이나 되었다.

서명후는 의아해하며 전면의 태사의에 앉아 있는 공손무곡을 향해 다가갔다.

그때, 탕! 소리와 함께 전각의 문이 세차게 닫혔다.

가슴이 철렁한 서명후는 공손무곡을 바라보았다.

천천히 고개를 들어서 자신을 바라보는 공손무곡의 눈빛이 서릿발처럼 차가웠다.

"대공, 무슨 일이라도……? 사람들이 왜 아직 안 왔습니까?"

"자네가 왔으니 다 온 셈이네."

전체 회의가 아니었나?

어쨌든 공손무곡의 말이 사실이라면 자신이 제일 늦었다는 말. 서명후는 영문도 모르고 사과부터 했다.

"죄송합니다. 허수가 보이지 않아서 찾다 보니 늦었습니다."

"이제는 장각을 찾지 않아도 되네."

"예?"

"놈은 통운가에서 잡혔네."

서명후의 안색이 핏기가 가시며 창백해졌다.

"무, 무슨 말씀이신지? 장각이 무슨 잘못이라도 저질렀습니까?"

"심문을 했는데, 지옥을 넘나드는 고통에도 입을 굳게 다문 채 버텼다고 하더군. 하지만 장각보다 더 지독한 놈이 결국 그의 입을 열었지."

"저는 도무지 무슨 말씀이신지……."

"지금쯤 현무전의 나머지 오수 역시 잡아들이고 있을 거야."

"대공?"

"하나만 묻지. 자네에게 지시를 내리는 사람은 누군가?"

서명후는 굳이 변명을 하지 않았다.

공손무곡의 눈빛만 보고도 변명이 무의미하다는 것을 눈치챈 것이다.

택할 수 있는 길은 하나뿐.

그는 공손무곡의 말이 끝나기도 전에 우측의 창문을 향해 신형을 날렸다.

하지만 사공학이 한발 빨랐다.

"어딜!"

일갈을 터트린 그가 옆으로 죽 미끄러지며 쌍장을 휘둘렀다.

쾅!

굉음이 전각을 뒤흔들었다.

뒤로 밀려난 서명후는 물러나던 그대로 좌측 창을 향해서 재차 신형을 날렸다.

사실 그가 노린 곳은 처음부터 오른쪽이 아닌 왼쪽이었다.

하지만 그곳에는 사운평으로 인한 분노가 아직까지도 가라앉지 않은 공손수양이 서 있었다.

공손수양은 사운평에 대한 분노를 서명후에게 풀겠다는 듯 쌍수를 엇갈리며 삼장을 떨쳤다.

"이노오옴!"

서명후는 욕설을 한귀로 흘려들으며 자신의 성명절기인 명공장(鳴空掌)을 전력으로 펼쳤다.

그가 쌍장을 휘두를 때마다 허공이 울리며 웅장한 장세가 몰아쳤다.

"어림없다!"

공손수양 역시 노성을 내지르며 장력을 내쳤다.

그러나 삼원주에 비해 한 수 아래로 평가받던 서명후의 무공은 알려진 것보다 훨씬 강했다.

밀리기는커녕 전력을 다해 쳐낸 그의 장세에 오히려 공손수양이 뒤로 물러섰다.

서명후를 경시했던 공손수양은 예상치 못했던 상황에 두 눈을 치켜떴다.

"이놈! 숨겨놓은 게 있었구나!"

그의 쌍장에서 폭포수 같은 공격이 쏟아졌다.

콰과광!

귀를 먹먹케 하는 굉음이 연이어 터져 나왔다.

서명후는 공손수양의 공격에 짐짓 밀리는 척하며 창문 쪽으로 미끄러졌다.

바로 그때, 냉랭한 일갈과 함께 가공할 경력이 그를 향해서 밀려들었다.

"대답을 하라, 서명후!"

공손무곡이었다.

일체의 움직임도 없이 미끄러지듯 일 장을 나아간 그가 우수를 들어서 내쳤다.

서명후는 반사적으로 몸을 돌리며 쌍장을 쳐냈다.

콰광!

굉음이 터져 나오고, 얼굴이 일그러진 서명후가 주르륵 밀려났다.

공손무곡은 재차 앞으로 나아가며 쌍장을 미묘하게 휘돌렸다.

콰아아아아!

은은한 백색 장력이 허공을 일그러뜨리며 서명후를 덮쳤다.

숨이 턱 막힌 서명후는 혼신의 힘을 다해서 쌍장을 휘둘렀다.

두 사람의 경력이 정면으로 부딪친 순간!

쿠구구궁!

전각이 뒤흔들리며 천장에서 먼지가 쏟아졌다.

힘겹게 뒤로 세 걸음 물러선 서명후의 안색이 백짓장처럼 창백해졌다.

단단한 바닥에 선명히 찍힌 세 개의 발자국.

충격을 발밑으로 흘려서 바닥에 쏟아냈음에도 소용이 없었다.

파랗게 질린 입술.

온몸이 짜르르 울리고, 속이 울렁거린다.

목구멍을 타고 올라오는 비릿한 혈향을 억지로 삼킨 눈꺼풀이 강풍 앞의 문풍지처럼 파들거린다.

'크으윽! 이 정도였다니!'

"누구냐! 산장의 누가 너에게 명을 내리느냐?"

공손무곡이 다시 물었다.

서명후는 좌우를 둘러보았다.

완벽히 사방이 막혔다. 어찌어찌 뚫는다 해도 공손무곡의 목숨을 지키는 호위무사가 또 하나의 벽을 형성하고 있었다.

밖은 더하겠지.

'목표가 코앞이거늘, 한 걸음을 더 가지 못하고 끝인가?'

진한 아쉬움을 가슴에 묻은 그는 입술 끝을 이지러뜨리며 조소를 지었다.

"내가 수장이라면?"

"흥! 너 정도로는 산장을 어떻게 할 수 없다."

"지난 십여 년 동안 나에 대해 알아내지도 못한 사람이 할 장담은 아닌 것 같은데?"

공손무곡은 그 말에 분노가 솟구쳤다.

자신과 사운평이 비교되는 듯했다.

그 따위 놈도 알아낸 걸 자신이 모르고 있었다니.

"잔소리 말고 누가 너를 지휘하는지 말해!"

서명후의 조소가 하얀 웃음으로 바뀌었다.

이를 드러내며 웃는 그의 입술을 타고 점점이 핏방울이 떨어졌다.

"좋아, 알려주지. 그런데 알려줘도 잡을 수 있을지 모르겠군."

"흥! 누구든 내 손을 벗어날 수 없을 거다. 누구냐!"

"바로…… 니… 애비야. 크크크크."

찰나, 공손무곡의 검은 눈동자가 급속하게 작아졌다.

"죽 · 일 · 놈!"

뚝뚝 끊어서 한마디 외친 그가 우수를 벼락처럼 뻗었다.

그의 손바닥에서 백색광채가 번뜩인 순간, 쾅! 소리와 함께 서명후의 몸뚱이가 날아갔다.

금우경이 아차! 하며 막으려 했지만, 그때는 이미 서명후의 몸뚱이가 허공을 날고 있었다.

공손무곡도 분노의 백혼무령기가 서명후의 가슴에 닿기 직전에서야, 자신이 격장지계에 넘어갔다는 사실을 깨달았다.

하지만 그 사실을 깨달았을 때는 그의 손에서 뻗어나간 기운이 이미 서명후의 가슴뼈를 부수고 있었다.

와장창!

장식장을 부수고 널브러진 서명후는 피를 쏟으며 꿈틀거렸다.

힘겹게 고개를 든 그의 시뻘건 입가에 진한 비웃음이 걸렸다.

"너, 너도… 곧…… 내 뒤를…….'"

공손무곡은 서명후를 차디 찬 눈으로 바라보며 다시 우수를 들더니, 중지를 구부려 엄지와 맞잡았다.

어차피 벌어진 일. 후회할 것도 없었다.

"네놈이 말 안 해도 어떻게든 찾아낼 것이다. 찾아내서 사지를 잘라 죽일 것이니라!"

피잉! 퍽!

툭 튕겨진 중지에서 백색구슬이 날아가 서명후의 이마에 꽂혔다.

공손무곡은 숨이 끊어진 서명후에게서 고개를 돌렸다.

"쓰레기를 치워라."

호위무사 하나가 즉시 서명후를 들고 밖으로 나갔다.

"다른 놈들은 어떻게 되었는지 알아봐라."

"예, 대공!"

입구 좌측에 서 있던 삼십 대 무사가 절도 있게 허리를 숙이고 밖으로 나갔다.

그 사이 공손무곡이 금우경에게 물었다.

"어떻게 생각하시오, 금 원주? 서명후가 쥐새끼들의 수장이라 보시오?"

"분명 서명후 위에 누군가가 있을 것입니다."

사공학도 자신의 생각을 말했다.

"산장에 있을 가능성이 큽니다."

금우경도 동의했다.

"저 역시 같은 생각입니다."

"이유는?"

"남화장에 있는 사람 중에서 이 방의 사람을 제외하면 현무전주를 부릴 수 있는 사람이 없습니다."

사공학의 대답에 공손무곡이 고개를 끄덕였다.

"그 말은 사공 원주의 말이 맞을 것 같군."

"어떻게 할 생각인가? 산장에 알려야하지 않겠나?"

공손수양이 이마를 잔뜩 찌푸린 채 물었다.

공손무곡은 한광이 번뜩이는 눈으로 허공을 노려보며 잠시 생각하더니 결정을 내렸다.

"숙부, 아버님께는 알리지 않고 조사할 생각입니다."

"그러다 자칫 일이 커지면……?"

"놈의 정체를 모르는 한 알리지 않는 게 낫습니다. 우리가 모르는 것처럼 행동해야 숨어 있는 자도 경계심을 풀겠지요."

"으음, 그것도 괜찮은 생각이군."

꼭 그런 이유 때문만은 아니다.

하지만 공손무곡은 굳이 자세한 이유까지 말해줄 마음이 없었다.

이제 세상에서 믿을 수 있는 사람은 오직 하나, 자신뿐이었다.

"어쨌든 이번 일은 우리에게 기회라 할 수 있습니다, 숙부."

"무슨 말인가?"

"사운평의 말이 사실로 드러난 이상, 놈들은 다른 세력 안에도 숨어 있을 겁니다. 그런데 우리는 놈들을 제거했고, 다른 세력은 아직 제거하지 못한 상태지요."

"흐음. 말이 되는군."

"그렇다면 이제 우리가 다른 세력보다 훨씬 좋은 패를 갖고 있는 셈입니다. 그래서 말인데……."

공손무곡이 차가운 어조로 이어가던 말을 잠시 멈추고 금우경을 바라보았다.

"금 원주, 그대가 책임지고 맡아줘야 할 일이 있소."

"말씀하시지요."

"여우처럼 교활한 사냥개가 다른 사냥꾼들을 위해서 사냥에 나서지 못하도록 막으시오."

금우경은 그 말뜻을 바로 깨닫고 표정이 굳어졌다.

"그가 반발할지 모릅니다."

"더 많은 황금을 안겨주면 되지 않겠소?"

백 년 넘게 모은 황금과 보물이 천의산장 깊숙한 곳에 쌓여 있지 않은가.

운평이란 놈의 욕심을 충족시켜주는 것은 어렵지 않았다.

그러나 삼비총의 일을 겪은 금우경은 다른 점을 걱정했다.

운평은 황금을 탐내는 만큼 동료들도 챙기는 자다. 복수를 방해하면 그가 어떻게 나올지 알 수 없었다.

"대공, 만약의 경우, 황금으로도 막지 못하면 어떻게 처리하는 게 좋겠소이까?"

공손무곡의 송충이처럼 짙은 눈썹이 꿈틀거렸다.

순간, 눈썹 아래 두 눈에서 한광이 번뜩였다.

"사냥개가 끝까지 말을 듣지 않는다면…… 솥에 넣고 삶는 수밖에."

*　　　　*　　　　*

홍면개와의 흥정을 마친 사운평은 천해장으로 향했다.

나름대로 만족한 흥정이었다.

구문팔가에게 외면 받고 있는 개방에겐 사운평의 정보가 천금보다 더 가치 있었다.

사운평으로선 오령문에 이어서 또 하나의 정보망을 이용할 수 있게 되었고.

비록 일 년이라는 제한이 있지만.

'일 년 안에 최대한 뽑아내면 되지 않겠어?'

그런데 만족한 표정으로 걷던 그가 동학로를 얼마 남겨놓지 않았을 때였다.

좌측에서 누군가가 손짓했다.

슬쩍 고개를 돌린 사운평의 눈이 커졌다.

"강오!"

이십 대 중후반의 청년, 강오. 만구점의 일꾼 중 하나이며 외부에서 활동하던 그가 골목 안에 숨어서 손짓으로 부르고 있었다.

"어떻게 된 거야? 왜 아무도 안 보여?"

"일전에 점주께서 말씀하셨습니다. 만약 천해장에 큰일이 생기면 완벽히 몸을 숨기라고요."

"그런데 왜 모습을 드러낸 거야?"

"한 가지 보고드릴 게 있어서 위험을 무릅쓰고 왔습죠."

"뭔데? 혹시 초혜의 행방을 알아내기라도 했어?"

"그게 아니고……."

"그럼?"

"풍죽괴 어른에 대한 겁니다."

"풍죽괴 어른? 맞아! 그 양반은 어떻게 되었어? 왜 안 돌아오는 거지?"

"복우산에서 사라졌습니다."

"사라져? 무슨 소리야? 놈들에게 당했다는 거야?"

"저도 확실한 것은 모릅니다. 반드시 만나봐야 사람이 있다면서 다급한 표정으로 떠나셨는데, 그 이후 행방을 알 수가 없습니다.”

“빌어먹을!”

설마 죽은 것은 아니겠지?

“그럼 저는 이만…….”

“아! 이제는 숨어서 지낼 필요 없어.”

강오의 눈이 휘둥그레졌다.

“정말입니까?”

“천의산장 짓이 아니라는 게 밝혀졌어.”

“후우우, 다행이군요.”

“당신들을 필요로 할지 모르니까, 만구점에서 지시를 기다려.”

“알겠습니다.”

천해장에 도착한 사운평은 문을 열려다 멈칫했다.

안쪽에서 웅성거리는 소리가 들렸다.

‘도착했나보군.’

웅성거리는 소리 중에는 언송초와 조연홍의 조급한 목소리가 섞여 있었다.

마침내 학벽에 있던 천해장 사람들이 도착한 듯했다.

‘오기 전에 초혜와 소소를 찾았으면 좋았을 텐데…….’

씁쓸한 표정으로 막 문을 열려던 그의 표정이 갑자기 환해졌다.

“근데 오빠는 어디로 가셨죠?”

‘연연이다!’

학벽에 있을 줄 알았는데 함께 온 모양이다.

"여기저기 쫓아다니면서 난리 피우고 다니는 거 아냐?"

언송초가 말도 안 되는 소리를 지껄였지만, 오늘만큼은 참기로 했다.

문을 세차게 연 그는 성큼성큼 안으로 들어갔다.

마당에서 웅성거리던 사람들이 일제히 고개를 돌렸다.

"오빠!"

"대형!"

"문주!"

사운평의 눈이 커졌다.

생각했던 것보다 더 많은 사람이 와 있었다. 학벽의 장원에 있던 사람들이 모두 몰려왔나보다.

심지어 영호명과 양산의 두 형제까지.

"학벽은 어떻게 하고 전부 왔수?"

"소소와 초혜가 죽었는지 살았는지 모르는데, 그곳에 있을 정신이 어디 있단 말인가?"

언송초가 침을 튀기며 말하고는 쉴 새 없이 사운평을 다그쳤다.

"사람이 많이 죽었다며? 우리 소소는 아무 이상 없겠지? 초혜는? 왜 아무 말 안하나? 설마……?"

사운평은 일단 손을 척! 들어서 언송초의 입을 막고 하나하나 답했다.

"이숙과 구 형을 비롯해서 일곱이 죽었수. 소소와 초혜, 궁 형, 임풍, 낙수교 선배, 갈 선배도 목숨은 구한 것 같수."

간결한 그의 대답에 안도와 안타까움이 범벅된 한숨이 동시에 터져 나왔다.

"형님은……?"

홍위가 굳은 표정으로 물었다.

사운평이 그를 바라보며 자신이 본 대로 말했다.

"홍 선배와 조 선배는 다른 사람을 위해서 목숨을 걸고 적을 막다가 그만……."

홍위의 눈이 커졌다.

믿을 수가 없었다. 형님이 남을 위해서 목숨을 내놓다니.

"혹시 다른 사람을 잘못 본 것은……?"

오죽하면 그런 의문을 품었으랴.

"홍 선배가 마지막까지 싸운 곳을 확인해 봤는데, 도주보다 시간을 끌기 위해 사력을 다해서 싸우신 게 눈에 보입디다."

"죽기 전에 철들었군."

삼불자가 씁쓸한 투로 말하며 고개를 흔들었다.

막귀붕은 이를 악물고 허공을 올려다보았다.

"그래서 홍 선배에 대한 복수도 확실하게 해줄 생각이죠. 뭐, 이미 본전은 갚았습니다만."

"본전을 갚았다고요? 무슨 말이에요, 오빠?"

눈치 빠른 이연연이 사운평의 말꼬리를 잡고 늘어졌다.

사운평은 오늘 벌어진 일에 대해서 설명해주었다. 최대한 극적으로.

단, 천 냥을 벌었다는 말은 하지 않았다.

이번 건은 자신 혼자서 한 일이니까.

"……그래서 대공이 지금쯤 놈들을 사냥하고 있을 거야."

이연연은 사운평이 숨기는 게 있다는 걸 눈치 챘지만 아무 말도 안 했다.

오빠 돈은 곧 자신의 돈이니까.

"장각이란 놈이 지하 창고에 있다고?"

언송초가 눈을 치켜뜨고 물었다. 당장 달려가서 목을 물어뜯을 것 같은 표정이었다.

"예. 그놈의 목숨을 거둘 사람은 따로 있어서 아직 죽이지 않았습니다."

"만약 소소에게 조금이라도 이상이 있으면, 내가 찢어 죽일 거네."

사람들은 엉망이 된 집안을 대충 정리하고 사운평의 방으로 모였다.

언송초가 먼저 초조한 표정으로 말했다.

"문주, 사람들이 어디로 갔는지 짐작 가는 곳이라도 있나?"

"현재로선 북쪽의 서곡까지 갔다는 것 외엔 알 수가 없습니다. 그래서 개방 낙양분타주를 만났죠."

언송초가 눈살을 찌푸렸다.

"개방? 거지들 말인가?"

"세상에 서시 없는 곳은 없죠. 그늘이라면 최소한 이곳을 나선 사람들이 어느 쪽으로 갔다는 것 정도는 알아낼 겁니다."

"개방의 힘이 워낙 약화되어서 전만큼의 정보력이 있을지 모르겠군.”

“아무리 그래도 개방은 개방입니다. 게다가 듣기로는 제자들을 많이 보강해서 과거의 영광을 되찾으려 한다고 하더군요.”

“그렇다면야 다행인데…….”

“찾아내는 선수금으로 백 냥을 주었으니, 잔금 이백 냥을 더 받기 위해서라도 뭐든 찾아내겠죠.”

“금자 삼백 냥?”

“개방 놈들 횡재했군.”

대부분의 사람들이 놀라서 눈이 커졌다.

언송초는 ‘그럴 수도 있지’ 하는 표정이었고.

“지나친 금액이긴 해도 아이들을 찾아낼 수만 있다면야…….”

관호도 쓴웃음만 지었다.

‘아마 문주가 저런 일을 맡았다면 천 냥은 달라고 했을걸?’

하지만 누구보다 사운평을 잘 아는 조연홍은 냉정했다.

“대형, 금자예요, 은자예요?”

“내가 미쳤어? 당연히 은자 삼백 냥이지.”

받을 때는 금자, 줄 때는 은자.

철저한 사운평의 계산법에 사람들은 혀를 내둘렀다.

“험, 좌우간 그들이 알아냈으면 좋겠군.”

“저도 마찬가지 마음입니다.”

사운평은 그쯤에서 풍죽괴에 대한 이야기를 꺼냈다.

“그리고 남화장에 다녀오던 중 풍죽괴 어른에 대한 소식을 들었습니다.”

"그래? 그 늙은이, 어디 있다고 하던가? 어디서 무슨 짓을 하느라고 아직도 안 돌아와?"

언송초가 눈을 크게 뜨며 화를 냈다.

"아무래도 무슨 일이 벌어진 것 같습니다."

사운평은 강오에게 들었던 이야기를 해주었다.

언송초와 삼불자가 펄쩍 뛰었다.

"뭐야? 사라져?"

"그 늙은이, 또 엉뚱한 호기심 발동한 것 아냐?"

두 사람은 풍죽괴의 버릇을 누구보다 잘 알고 있었다. 한번 호기심이 동하면 끝장을 보는 사람이 바로 그였다.

삼불자가 굳은 얼굴로 나섰다.

"다급한 표정으로 누굴 만나본다고 했지?"

"예, 어르신."

"풍 늙은이가 다급히 만나고 싶어할 사람은 하나밖에 없네."

언송초가 흠칫하며 말했다.

"혹시 곤아 말인가?"

삼불자는 느릿하게 고개를 끄덕였다.

'곤아'는 풍죽괴의 외아들 이름이다. 풍죽괴는 마도에 발을 디딘 아들과 십 년 전에 헤어졌는데 아직까지 행방조차 모르고 있었다.

"맞아. 자넨 소소를 찾게. 풍 늙은이는 내가 알아볼 테니까."

"만구점에 가시면 강오가 있을 겁니다. 그를 데리고 가십시오. 그쪽 일은 그가 잘 아니까요."

第九章

죽어선 안 될 이유

　"관 형, 가서 맹주께 말씀드리쇼. 끼어들지 않아도 상관은 없는데, 앞으로도 장안에서 계속 떵떵거리며 살고 싶으면 생각 잘하라고 말이오."

　"알겠소."

　관호가 순순히 대답했다.

　그는 천도맹으로 돌아갈 생각이었다.

　자신의 뜻이 아니었다. 사운평이 보냈다.

　그래서 그는 사운평의 말을 그대로 전할 작정이었다.

　'판단은 아버님이 알아서 하시겠지.'

　물론 판단에 도움이 되도록 몇 가지 설명 정도는 해줄 생각이다.

관호를 천도맹으로 보낸 사운평은 생존자를 찾으러 갈 준비를 서둘렀다.

개방에 의뢰했다고 해서 손 놓고 있을 수는 없는 일 아닌가.

"연홍, 가서 금창약 좀 사와라. 사람들이 심하게 다쳤을지 모르니까, 많이 사. 소강은 건량 사오고, ……."

반시진 후. 사운평 일행은 준비가 갖추어지자 즉시 낙양을 나섰다.

낙양에서 서곡까지 북쪽으로 이백 리 길.

첩첩이 펼쳐진 험난한 산 사이의 계곡 길을 넘어갈 때마다 그들은 살기 위해 도주했을 동료들의 심정을 떠올리며 이를 악물었다.

다음 날 아침 무렵, 사운평 일행은 마을이 보이는 언덕 위에 도착했다.

저 멀리 보이는 마을이 서곡인 듯했다. 그 너머로 누런 황하가 황금빛 비늘을 번뜩이며 흘러간다.

사람들은 언덕 위에서 한동안 움직이지 못했다.

곳곳의 마른 풀이 검게 변색되어 있었다. 피 때문이었다.

흑갈색 천도 발견되었다.

상처를 싸맸던 천 같은데, 그 크기만 봐도 심상치 않은 상처를 입었다는 걸 짐작할 수 있었다.

"여기서 상처를 손보고 간 것 같군요."

누가 다친 걸까?

어쩌면 대부분이 다쳤을지 모른다.

"어서 마을로 가보세."

지금까지 잘 참았던 언송초가 조급하게 서둘렀다.

마음이 급한 것은 모두가 마찬가지였다. 누구도 서두르는 그를 타박하지 않았다.

서곡은 산촌치고 제법 커서 곳곳에 흩어져 있는 집이 족히 백여 호는 될 듯했다.

십여 리 떨어진 황하에서 뻗은 지류가 서곡 바로 앞을 흐르고 있기 때문이었다.

농사도 짓고 고기도 잡고. 사람이 모여드는 것도 당연했다.

사운평 일행이 서곡에 들어가자 거지 둘이 다가왔다. 한 사람은 삼십 대였고, 한 사람은 스물이 될까 싶은 자였다.

둘 중 삼십 대 거지가 사운평 일행을 살펴보며 넌지시 말을 건넸다.

"혹시 낙양에서 오신 분들 아닙니까요?"

사운평이 나섰다.

"개방제자요?"

"그렇습니다요."

"우리가 찾는 사람이 마을에 들어왔다고 하던가요?"

"마을 사람들은 무인으로 보이는 외부인을 보지 못했다고 합니다요."

"사람들이 들어오지 않았다고요?"

"예, 공자. 이곳은 외부인의 왕래가 거의 없기 때문에 무사는 한두 사람만 들어와도 금방 압니다요."

언송초가 눈살을 찌푸리며 말했다.

"이상하군. 분명 저쪽 언덕에서 사람들의 흔적을 발견했거
늘……."

"저희도 봤습죠."

"어쩌면 추적자들을 따돌리려고 마을에 들어오지 않았을 수도 있
어요."

이연연이 자신의 생각을 말하자, 영호명이 거지에게 물었다.

"이 근처에 서곡 말고 사람들이 쉴 만한 마을이 있느냐?"

"이십 리 이내에는 마을이 없습니다요."

"허어, 그럼 지칠 대로 지친 사람들이 마을을 지나쳐 갔단 말이
냐?"

"저도 이상해서 애들을 시켜 일대를 수소문하게 했습죠. 하지만
무사를 봤다는 사람은 없었습니다요."

그때 옆에 있던 거지가 눈치를 보며 끼어들었다.

"저, 어르신……."

"뭔가?"

"도움이 될지 모르겠습니다만, 저 아래쪽에서 들은 말이 있어
서……."

"말해보게."

"저 아래쪽에 사는 어부가 배를 타고 나가서 사흘 만에 돌아왔는
데, 마누라가 아무리 닦달해도 어딜 다녀왔는지 도통 입을 열지 않는
다고 합니다요."

사운평 일행은 곧장 어부의 집으로 갔다.

마침 고기잡이를 나가려던 어부는 사운평 일행을 보고 불안한 표정을 지었다.

사운평이 그의 앞까지 바짝 다가가서 말했다.

"물어볼 것이 있어 찾아왔소."

"소인에게 뭘 물어보시려고……."

"배를 타고 나가서 사흘 만에 돌아왔다고 들었소."

"그, 그랬습죠."

"혹시 그 배에 사람을 태우지 않았소?"

"저는 그런 적이……."

"혹시 그 사람들 중 여자 둘이 있지 않았소?"

"저는 모르는 일입니다요."

"내 동생과 여기 이 노인의 손녀요. 지금 그 아이들을 찾으려고 달려왔소. 알려준다면 이 돈을 드리리다."

사운평은 품속에서 다섯 냥짜리 은자를 꺼내 내밀며 애절한 표정으로 말했다.

깡촌 어부에게 은자 다섯 냥은 거금이다. 가족이 반년은 굶지 않고 지낼 수 있는 돈.

어부의 눈빛이 흔들렸다.

사운평은 은자 하나를 더 꺼내서 손바닥 위에 놓았다.

은자 열 냥.

어부는 더 버티지 못했다.

돈은 눈앞에 있고, 무시무시한 주먹은 저 멀리 황하 건너편에 있었다.

"말하면 절대 안 된다고 했는데……."

"우리에게는 말해도 되오. 아마 그 사람들도 고마워할 거요."

"정말입니까요?"

"물론이오. 사실대로 말하면 이 은자 열 냥은 당신 것이 될 거요."

"그럼 정의로운 의협지사 분 같으니 믿고 말씀드리겠습니다요."

"콜록!"

"으음……."

뒤에서 지켜보던 사람 중 몇이 이상 반응을 보였다.

'암천살객의 제자가 의협지사면 나는 대협이겠네.'

'눈이 썩었군.'

'소소를 찾을 수만 있다면야…….'

'앞으로 내가 그렇게 만들 거야.'

사운평 일행은 비장한 마음으로 황하를 건넜다.

사람들이 산서로 넘어갔다면 언제 어느 때, 어떤 위험이 닥칠지 몰랐다.

황하를 건넌 그들은 왕옥산 동쪽의 제원 쪽으로 방향을 잡았다.

석양이 질 무렵.

제원에 도착한 사운평 일행이 객잔에서 저녁을 먹고 있는데 개방 제자로 보이는 거지가 들어왔다.

식사를 하던 사운평 일행은 일제히 고개를 돌려서 거지를 바라보앉다.

이제 스물이 갓 넘었을 것 같은 거지는 횃불 같은 눈빛 십여 쌍이 주시하자 두 다리가 굳어버렸다.

"호, 혹시 낙양에서 오신 분들 아닙니까요?"

언송초가 눈빛을 강하게 빛내며 물었다.

"개방제자인가?"

"그, 그렇습니다요."

"그런데 왜 그곳에서 떨고 있는가?"

"떠, 떠는 게 아니라……."

말과 달리 거지의 두 다리는 사시나무처럼 떨리고 있었다.

"떨고 있는 게 맞구만."

"꼭 중풍 걸린 거 같은데요?"

언송초와 사운평이 앞다투어서 한마디씩 했다.

영호명이 그런 두 사람을 보며 고개를 설레설레 젓고는 거지에게 말했다.

"전할 말 있으면 해보게."

"차, 찾는 분들이 홍구재를 넘어가는 걸 본 사람이 있답니다요."

홍구재라면 제원 북동쪽에 있는 고개로 그 고개를 넘어가면 산서다.

결국 초혜와 임풍 등 생존자들이 산서로 들어갔다는 뜻.

"그들이 왜 곧장 산서로 들어갔는지 모르겠군."

영호명이 의아한 표정으로 말했다.

그때 조연홍이 멋진 추측을 해냈다.

"대형, 혹시 용원장으로 가는 것이 아닐까요?"

"용원장? 흠, 그럴지도 모르겠군."

갈원과 궁탁은 용원장에 가본 사람들이다.

자신들을 죽이려 한 자들이 천의산장 무사든 은천령 무사든, 천화궁의 적인 것은 분명한 사실.

적의 적은 친구가 될 수도 있다지 않던가.

그들로선 천화궁이 어느 곳보다 안전하다고 생각했을 수도 있다.

"용원장이 어딘데 그러나?"

언송초가 의아해하는 표정으로 물었다.

영호명과 양가 형제도 사운평을 바라보았다.

사운평이 간략하게 설명해주었다.

"용원장은 천화궁의 지부 비슷한 곳입니다. 진성에 있는데……."

설명을 들은 언송초와 영호명 일행은 그제야 조연홍의 말을 이해하고 고개를 끄덕였다.

특히 언송초는 그 말을 듣자마자 조바심이 나서 가만있지 못했다.

"그렇다면 어서 식사를 마치고 그곳에 가보세."

＊　　　＊　　　＊

태양이 동천으로 솟구치는 사시 경.

찻잔을 내려놓은 청의노인의 눈이 정원에서 꽃봉오리를 맺은 청매화에게로 향했다.

아직 겨울이 가기엔 이르지만, 최근 며칠 간 날이 포근하더니 서

둘러 세상 구경을 하고 싶은 듯 기지개를 켜고 있었다.

"어이가 없군. 생각지도 않은 곳에서 바큇살이 하나 빠졌어."

청의노인의 앞에 앉아 있던 초로인은 어떤 때보다 어깨가 무겁게 느껴졌다. 어깨뼈가 부러지는 느낌이 들 정도.

"그동안 일이 순조롭게 흐르다 보니 소제가 너무 안이했습니다, 대령주."

"그게 어찌 네 잘못이겠느냐."

"다행히 꼬리만 잘려서 사령주는 드러나지 않았습니다."

"미꾸라지 한 마리 때문에 이런 일이 생기다니. 그놈을 너무 과소평가했어."

"놈을 반드시 잡아서 대가를 치르게 할 것입니다."

"그래야지. 반드시 잡아야지."

순간적으로 노인의 두 눈에서 강렬한 눈빛이 번뜩였다.

하지만 언제 그랬냐는 듯 눈빛을 갈무리한 노인이 물었다.

"연평, 공손무곡이 앞으로 어떻게 나올 거라 보느냐?"

"그는 이번 일을 신궁이나 은명곡에 알리지 않을 겁니다."

"이유는?"

"그들의 힘이 약화되는 걸 바라는 것이겠지요."

"하지만 끝까지 감추지는 않을 거다."

"적당히 힘이 약화되면 구원자처럼 나설 겁니다."

"하긴, 그리되면 신궁과 은명곡이 놈에게 손을 내밀 수밖에 없겠지. 음흉한 그놈은 그 기회를 놓치지 않고 최대한 득을 보려 할 것이고."

"옳으신 판단입니다."

"그에 대한 대책은?"

"계획을 약간 틀어서 번천의 시기를 앞당겼으면 합니다."

"위험부담이 너무 크지 않겠느냐?"

"그동안은 이익보다 손해가 커서 망설였습니다만, 이번 일로 인해서 상황이 달라졌습니다. 둑에 틈이 생기면 시간이 흐를수록 더 벌어지는 법. 이제는 물을 더 많이 채우기 위해서 기다리기보다 적절하게 사용하는 일이 더 중요하다고 봅니다."

"그 말도 일리가 있군."

"허락하신다면, 저 매화가 피기 전에 건곤일척의 수레바퀴를 돌릴 생각입니다."

"하늘의 힘을 지니고도 천하를 얻지 못한다면 그 또한 운명이겠지. 연평, 네 뜻대로 행하라!"

초로인, 소연평이 자리에서 일어나 한쪽 무릎을 꿇고 고개를 숙였다.

"대령주의 뜻을 받들겠습니다!"

"어차피 작정했으니, 천하에 패왕이 건재함을 보여주어라. 올해가 가기 전, 패왕천하를 이룰 것이니라!"

"예, 대령주."

*   *   *

사운평 일행은 저녁을 산속에서 노숙하고 아침 일찍 출발해서 홍구재를 넘었다.

홍구재 쪽으로 넘어가는 길은 응추령을 넘어갈 때보다 오십 리는 더 멀었다.

진성에 도착한 것은 정오쯤.

마을로 들어선 사운평은 이마를 찌푸렸다.

'이거 아무래도 범의 아가리에 머리를 들이민 기분인데?'

정확하게 무엇 때문이라고는 말하기가 애매했다. 그저 느낌이 찜찜할 뿐.

사운평 일행은 용원장으로 가기 위해 진성을 가로지르면서 초혜와 임풍 일행에 대해서 수소문했다.

그런데 괴이하게도 그들을 봤다는 사람이 아무도 없었다.

진성을 벗어나자 언송초가 다시 초조해진 표정으로 말했다.

"이상하군. 그들이 왔다면 누군가는 봤을 텐데 말이야."

"그러게요."

"설마 이곳으로 오지 않은 건 아니겠지?"

"용원장에 가보면 알겠죠."

사운평은 용원장의 담장이 보일 때부터 입이 반쯤 벌어졌다.

"뭐, 뭐야?"

용원장은 더 이상 존재하지 않았다. 담장은 무너지고, 전각이 있던 자리에는 시커멓게 탄 재만 가득했다.

"이게 어떻게 된 거지?"

"저 장원이 용원장인 것은 맞나?"

언송초가 불안해하는 표정으로 물었다.

"예, 맞습니다."

"보아하니 불이 난 지 제법 된 것 같네만."

모래먼지가 시커먼 재 위에 쌓인 걸 보니 족히 한 달은 된 듯했다.

"은천령이 이곳도 공격했나 봐요."

이연연이 말했다.

충분히 그럴 수 있는 일이다.

아니면 천화궁이 꼬리를 끊기 위해서 스스로 흔적을 지웠든지.

중요한 것은 용원장이 사라졌다는 사실이다.

"제기랄, 그럼 이곳으로 왔다 해도 바로 떠났다는 거잖아?"

"단서가 될 만한 게 있는지 자세히 살펴보세."

영호명이 냉정한 표정으로 말하고는 용원장의 잿더미 속으로 들어갔다.

다른 사람들도 장원 안을 살펴보았다.

조연홍이 제일 먼저 뭔가를 발견하고 흥분한 목소리로 소리쳤다.

"대형! 사람들이 이곳에 오긴 온 모양입니다!"

사운평이 훌쩍 몸을 날려서 조연홍 곁에 내려섰다.

"뭐가 있는데?"

"이것 보십시오."

조연홍이 바닥을 가리켰다. 시커먼 재가 뒤덮은 곳에 발자국이 제법 선명하게 찍혀 있었다.

수십 개의 발자국. 개중에는 커다란 발자국도 있었고, 손바닥만큼이나 작은 발자국도 있었다.

여자의 발자국이었다.

"이 발자국은 소소 겁니다."

"이게 소소 발자국이라고?"

"소소의 신발에는 가죽으로 된 나비 장식이 달려 있습니다. 제가 선물한 신발이죠. 그런데 여기 이곳을 보면 바로 그 장식의 문양이 살짝 찍혀 있습니다."

옆으로 다가온 언송초가 크게 고개를 끄덕였다.

"맞아. 소소 신발에 있는 장식과 비슷해."

커다란 발자국을 유심히 바라보던 사운평도 눈빛이 반짝였다.

"그렇다면 이 커다란 발자국은 궁 형 것일 가능성이 크군."

궁탁의 발은 무척 컸다. 또한 폭이 유난히 넓었다.

바닥에 찍혀 있는 발자국이 그랬다.

"다른 곳과 달리 먼지가 많이 쌓이지 않은 걸 보니 시간이 오래 흐른 발자국은 아니군요."

"그래?"

도둑과 살수의 눈은 사소한 것도 놓치지 않았다.

"길어야 하루 정도예요."

조연홍이 눈을 바짝 들이대고 보더니 말했다.

부상이 심해서 치료를 하느라 늦게 왔을지 모른다.

차라리 잘 된 일이었다.

"그렇다면 멀리가지는 않았겠군."

그때였다.

"문주, 여기도 사람들이 오간 흔적이 있어."

우측을 살펴보던 북야설이 말했다.

사운평은 즉시 그곳으로 달려갔다.

북야설이 있는 근처에는 수십 개의 발자국이 널려 있었다.

그 발자국 중 바깥쪽에 있는 발자국을 살펴보던 사운평의 눈빛이 묘하게 번뜩였다.

'이 자국은?'

뒤꿈치를 든 것처럼 앞쪽만 찍힌 괴상한 발자국이었다. 그런데 엄지발가락 쪽이 유난히 깊었다.

사운평은 그러한 자국이 남는 신법을 전에 본 적이 있었다.

'왕가가 쓰던 신법이잖아?'

귀혼문의 신법.

귀혼문 사람들도 이곳에 왔었다는 뜻이다.

그런데 바깥쪽으로 갈수록 발자국이 무척 어지럽게 흐트러져 있었다.

영호명이 주위를 살펴보더니 눈살을 찌푸렸다.

"여기서 싸움이 벌어졌군."

불에 타서 앙상한 숯덩이가 된 나무가 싹둑 잘려나갔다.

거울처럼 깨끗한 면만 봐도 결코 우연히 잘린 게 아니다. 최소한 검기에 의해서 단숨에 잘린 자국이다.

주위에 산재한 발자국만 봐도 급박함이 느껴진다.

"예, 싸움이 벌어진 지 오래 되진 않았습니다."

"놈들을 잡을 수 있을지 모르겠군."

"최소한 처음보다는 훨씬 가까워졌지요."

사운평의 시선이 북쪽으로 향했다.

발자국들이 북쪽으로 향하고 있었다.

'그들은 이곳에서 만났을까, 아니면 엇갈려서 지나갔을까?'

"문주! 이곳으로 와보게!"

북쪽 담장 밖으로 나갔던 위지강이 소리쳤다.

안쪽에 있던 사람들이 모두 그곳으로 달려갔다.

북쪽 담장 밖에는 시신 세 구가 널브러져 있었다. 한 구는 흑의를 입었고, 두 구는 갈의를 입고 있었다.

갈의를 입은 시신을 본 막귀붕이 눈을 치켜떴다.

"은천령 놈들이군."

그 말에 언송초가 꼬리에 불붙은 말처럼 펄쩍펄쩍 뛰며 서둘렀다.

"어허, 큰일이군! 어서 쫓아가세!"

*   *   *

진성에서 백오십 리 북쪽에 있는 산중에는 다 쓰러져 가는 폐찰이 하나 있었다.

벽 한쪽이 무너진 폐찰은 지붕 역시 금방이라도 무게를 못 이기고 주저앉을 듯 위태위태했다.

하지만 쉴 곳을 찾는 부상자들에게는 그 정도만으로도 훌륭한 휴식처였다.

"빌어먹을! 전생에 철천지원수였나……."

갈원이 벽에 등을 기댄 채 이를 갈았다.

제원에서 금창약을 구한 후 홍구재 깊은 산속에 들어가서 상처를 치료하고 진성으로 갔다.

그런데 목적지였던 용원장이 잿더미가 된 상태였다.

어이가 없었다.

용원장의 그늘에서 문주에게 연락을 취해볼 생각이었는데…….

그들은 남쪽으로 내려갈 것인지, 아니면 문주를 찾아갈 것인지 고민했다.

하지만 고민의 시간은 길지 않았다.

오면서 천화궁이 백군맹의 지부를 공격했다는 소문을 들었다.

그렇다면 문주도 그 일에 끼어들었을 가능성이 컸다.

대박을 노래하며 천화궁 총단을 찾으러 간 문주가 아닌가 말이다.

천화궁 쪽 사람을 만나보면 문주를 찾을 수 있을지 몰랐다.

장치로 가서 천화궁 사람을 만나보자.

그가 그렇게 결정을 내렸을 때 뜻밖의 사람들이 나타났다.

모두가 잔뜩 긴장하고 있는데, 궁탁이 그들을 알아보았다.

나타난 자들은 귀혼문 무사들이었다.

왕호문이 폐허가 된 건물터에서 서성이는 사람 중에 궁탁이 있는 걸 보고 다가온 것이다.

어색한 인사가 오가던 중 천화궁에 대한 이야기가 나왔다.

알고 보니 왕호문도 귀혼문의 사자로서 천화궁 쪽 인사를 만나기 위해 장치로 가던 중이었다.

그런데 이야기를 나누는 동안 일단의 무리들이 접근했다.

그들의 접근을 눈치챘을 때는 이미 늦어서 수십 명이 담장을 넘어왔다.

상대를 알아본 그는 눈을 치켜떴다.

삼비총을 탈출했을 때 지겹도록 싸웠던 갈의인들. 은천령의 살귀들이었다.

몸 상태가 정상이 아닌데다 초혜와 소소마저 있는 상황.

천해문 사람들은 정면대결할 생각을 버리고 필사적으로 퇴로를 뚫었다.

다행히 왕호문과 귀혼문 무사들이 갈의인들을 막고 있어서 겨우 용원장의 폐허를 빠져나올 수 있었다.

그때부터 또 다시 도주가 시작되었다.

그와 궁탁은 은천령 놈들이 얼마나 끈질긴지 누구보다 잘 알지 않는가.

때문에 추적하는 자가 있든 없든 하루를 도주한 후에야 겨우 휴식을 취할 수 있었다.

정말 철천지원수가 따로 없었다.

"젠장, 옆구리가 다 나으니까 이번엔 허벅지가 갈라졌군."

옷자락을 찢어서 상처를 싸맨 갈원이 투덜댔다.

다른 사람들 처지도 그와 비슷했다.

궁탁과 낙수교, 임풍도 제원에서 사 입은 옷이 다시 피로 물들었고, 왕호문 일행은 열네 명이 아홉 명으로 줄어들었다.

임풍은 부상이 심한 데도 초혜 먼저 돌보았다.

언소소는 얼굴이 초췌해지긴 했어도 부상을 입진 않았다. 그러나 초혜는 등과 엉덩이에 상처가 났다.

문제는 상처 부위 중 한 곳이 엉덩이라는 것이다.

상처야 소소가 싸매주어서 해결했는데, 이제는 업고 갈 수도 없을 듯했다.

임풍은 그것이 더 아쉬웠다.

"걸어가도 괜찮겠어?"

"저는 괜찮아요. 임 의원님은 어때요? 피가 많이 나오는데."

"걱정 마, 칼이 살짝 스친 것뿐이야."

살짝 스친 정도가 아니다. 상당히 깊게 파고들었다. 움직일 때마다 고통으로 머리끝이 쭈뼛 섰다.

남자의 자존심 때문에 참고 있지만.

"미안해요."

"초혜가 왜 미안해?"

"저를 구하려다 다친 거잖아요."

"초혜하고는 전혀 상관없어. 내가 약해서 생긴 상처니까."

"그래도 제가 조심했으면 안 다쳤을 텐데……."

"나는 말이지…… 너를 지켰다는 것만으로도 기뻐. 그러니 미안해하지 않아도 돼."

임풍이 기어들어가는 목소리로 말하고는, 머쓱한 표정으로 자신의 상처부위를 만지작거렸다.

흐트러진 머리카락 사이로 보이는 초혜의 기다란 눈썹이 잘게 떨렸다.

그녀도 임풍이 자신을 좋아한다는 걸 알고 있었다. 자신이 문주를 좋아한다는 걸 알고 내색을 안 할 뿐.

언젠가는 자신을 바라보는 그의 눈빛에서 갈망과 안타까움을 느끼고도 모른 척하며 슬며시 고개를 돌린 적이 있었다.

어쩔 수 없었다.

그를 받아들이기에는 가슴에 빈자리가 없었으니까.

'곧 좋은 여자가 나타날 거예요. 임 의원님에겐 나처럼 기가 센 여자보다는 부드러운 여자가 더 어울려요.'

두 시진 동안의 휴식은 달콤했다.

하지만 영원히 지속될 수 없는 달콤함이었다. 적에게 꼬리를 밟히기 전에 거리를 벌여야 하는 것이다.

"쉴 만큼 쉬었으니 이제 그만 출발합시다."

왕호문이 일어나며 말했다. 그의 두 눈에서는 분노의 불길이 활활 타오르고 있었다.

들어보지도 못한 문파의 무사에게 귀혼문의 최정예가 당하다니.

더구나 그자들이 삼비총을 무너뜨렸다고 하지 않는가 말이다.

'이 사실이 알려지면 장로들도 더 이상 본문의 위기를 외면하지 못할 거다. 그들이 모두 나선다면 한번 해 볼 만해.'

부친이 젊은 왕호광을 문주에 임명하자, 불만을 품은 원로와 간부들이 등을 돌리고 웅이산 깊숙이 칩거해버렸다.

그 숫자만 해도 삼십여 명.

귀혼문이 삼룡이나 천화궁에 비해서 상대적으로 약하게 보이는 것은 그 때문이다.

하지만 그들이 나온다면 상황은 달라질 것이다.

폐찰을 나선 귀혼문과 천해문 사람들은 북쪽으로 방향을 잡고 빠르게 걸었다.

장치까지 가려면 아직 백 리를 더 걸어야 했다.

추위가 한풀 꺾였다 해도 바람이 아직 차가웠다. 부상당한 몸에 매서운 바람이 옷섶을 파고들자 사람들의 어깨가 더욱 움츠러들었다.

이십 리쯤 북상하자 고갯길이 시작되었다. 양쪽이 숲으로 우거진 고갯길은 제법 길어서 일각을 걸어도 고갯마루가 보이지 않았다.

그런데 그들이 고갯길을 따라서 산중턱을 돌아갈 때였다.

"겨우 여기까지밖에 오지 못했나?"

냉랭한 목소리가 사방에서 메아리처럼 울리더니, 양쪽 숲속에서 갈의인들이 나타났다.

전보다 훨씬 많은 숫자. 게다가 전에 봤던 갈의 무사들 외에도 범상치 않게 느껴지는 청의인들이 대여섯 명 끼어 있었다.

"빌어먹을! 무조건 치고 나가!"

낙수교가 소리치고 제일 먼저 앞으로 내달렸다.

· *   *   *

칠성문을 무너뜨린 천화궁은 장원을 대충 정리하고 그곳을 본거지로 삼았다.

동방진도 그곳에 머물면서 전체 상황을 지휘했다.

그날도 그는 동방인의 보고를 들으며 이후 계책을 논의하고 있었다.

"신궁과 백군맹이 백 리 북쪽의 청산보에 모였습니다."

"인원은?"

"삼백에서 사백 정도로 추산됩니다만, 계속 인원이 늘고 있어서 며칠 안으로 오백 명은 되지 않을까 생각하고 있습니다."

"놈들이 언제쯤 공격해올 것 같은가?"

"겨울바람이 차고, 얼마 전에 내린 눈도 녹지 않은 상태입니다. 당장 전면전을 벌여봐야 이득이 없다는 걸 저들도 모르지 않을 겁니다. 소제의 생각으로는, 국지전을 벌이면서 전열을 정비한 후 승산이 서면 공격할 것 같습니다."

"청산보에 모였다는 건 우리가 목표라는 뜻이겠지?"

"우리만 이기면 임분은 저절로 자신들의 손아귀에 들어온다는 생각이겠지요."

"놈들의 허를 찌를 수 있는 계책이 없을까?"

"임분에 있는 무사들을 은밀하게 이동시켜서, 저들의 공격 시 후방을 치면 어떨까 합니다."

"흠, 나쁘지 않은 생각이군. 어차피 힘이란 건 흩어져 있는 것보다 뭉쳐 있는 게 나은 법이지."

"그럼 승낙하신 걸로 알고 자세한 계획을 짜보겠습니다."

"그렇게 해."

동방인이 방을 나가자, 동방진의 시선이 우측으로 향했다.

그곳에는 동방환이 서 있었다.

동방환은 천화궁을 나선 이후 줄곧 동방진의 곁을 지켰다. 특히 동방인을 만날 때는 최대한 곁에 있으려고 노력했다.

"어떻게 생각하느냐?"

"괜찮은 생각입니다. 다만…… 비밀이 철저히 지켜져야 효과를 볼 수 있을 겁니다."

"맞아, 비밀이 새어나가면 자칫 적에게 역공 당할 수 있지."

"그런데 왜 승낙하셨습니까?"

"현재로선 그보다 나은 방법이 없으니까 승낙한 거다."

'숙부를 조심하십시오, 아버님.'

동방환은 입이 근질거렸지만, 사운평의 말을 상기하며 꾹 참았다.

다행히 아직까지는 별 다른 일이 벌어지지 않은 상황. 동방인도 아직 자신의 속을 드러내지 않고 있다.

'사운평은 날이 풀릴 때쯤 속을 드러낼 거라고 했지.'

그때 동방진이 말했다.

"이제와 말이다만, 수아에게 백로 속에 숨어 있는 까마귀를 가려 내라고 했다. 그 아이가 까마귀만 제때에 가려낸다면 역공 당할 가능성이 그만큼 줄어들겠지."

동방환의 눈 깊은 곳에서 이채가 번뜩였다.

동방수는 자신이나 동방기와는 어머니가 다르다.

어릴 때부터 천재적인 기재가 있어서 조부와 부친이 무척 기꺼워했는데, 형제간의 우애는 깊지 않았다.

특히 동방기는 그를 무척 싫어했다.

'그 아이는 항상 외톨이처럼 지내면서 우리와 거리를 두곤 했지. 기아는 그런 수아를 음침하다며 싫어했고.'

그리고 보니 천화동에서 나온 후로도 제대로 이야기를 나누어본 적이 없었다.

그저 형식적인 인사만 건넸을 뿐.

'언제 그 아이와 허심탄회하게 이야기를 나누어봐야겠군.'

＊　　　＊　　　＊

백교하의 거처는 칠성장 후원 쪽 별채에 있었다.

동방환이 동방진과 대화를 나누던 그 시각, 그녀는 진방방의 보고를 듣고 있었다.

"아가씨, 천밀전 주위에 이상한 자들이 있습니다."

"이상한 자들?"

"저도 처음 보는 자들입니다. 모두 열 명 정도 되는데, 동방인 전주가 외부에서 초빙한 고수라고 합니다."

"외부 무사가 어디 한둘이야?"

칠성장의 무사 중 삼 할은 외부 무사다. 게다가 하루가 다르게 계속 늘어나고 있다. 이상할 것도 없었다.

그런데 진방방이 고개를 갸우뚱거리며 말했다.

"그들 중 두어 명에 가까이 접근한 적이 있었는데, 왠지 모르게 익숙한 느낌이 들었어요. 분명 천화지기는 아니었는데……."

"천화의 기운이 아닌데 익숙하게 느껴진다고?"

"예, 아가씨."

백교하의 백옥 같은 미간에 주름이 그어졌다.

천화지기는 강호의 고수들이 지닌 기운과 특성이 매우 다르다.

당연히 천화지기를 지닌 사람이 익숙하게 느낄 수 있는 기운도 많지 않을 수밖에.

'비천문의 다섯 유파라면 몰라도…… 설마……?'

비천문 다섯 유파 중 천화와 귀혼은 이미 세상에 드러났다.

남은 유파는 셋.

그중 현 강호에 존재할 가능성이 가장 높은 유파는 패왕뿐.

그런데, 정말 그들이라면 왜 천화 속에 숨어 있는 걸까?

왜?

백교하의 흑백이 또렷한 눈에서 은은한 광채가 피어났다.

그러던 어느 순간, 그녀의 눈꺼풀이 파르르 떨렸다.

'만약 내 추측이 사실이라면…… 앞으로 무서운 일이 벌어질 거다.'

그녀는 굳은 표정으로 진방방을 바라보았다.

"유모."

진방방은 백교하의 눈에서 은은한 광채가 피어날 때부터 숨도 제대로 쉬지 못하고 바짝 긴장해 있었다.

백교하의 눈빛 변화가 무엇을 뜻하는지 잘 알기 때문이었다.

예지력에 가까운 백교하의 기이한 능력. 바로 그 능력이 발현된 것이다.

"예, 아가씨."

"사 공자에게 연락해."

침착하게 사운평을 입에 올린 백교하의 눈빛이 흔들렸다.

이번에는 다른 뜻의 흔들림이었다.

언제부턴가 시도 때도 없이 그의 모습이 떠올랐다. 그때마다 가슴이 두근거리고 얼굴이 달아올랐다.

그녀는 그 뜻을 너무나 잘 알기에 최대한 침착하려했는데, 이번에도 어김없이 가슴이 두근거렸다.

'후우, 내가 진짜 왜 이러지?'

백교하를 누구보다 잘 아는 진방방은 그 모습을 보고도 모른 척했다.

"뭐라고 할까요? 이곳으로 오라고 할까요?"

본래 백교하는 자신이 추측한 내용만 전하려 했다.

그런데 진방방의 말을 듣는 순간 갑자기 마음이 변했다.

"그, 그래."

"그럼 최대한 빨리 오라고 할게요."

"응."

백교하는 자신의 얼굴이 붉어진 것도 알지 못했다.

*   *   *

"여기서 쉬었다 갔습니다, 대형."

폐찰에 들어선 조연홍이 사냥개처럼 머리를 낮게 깔고 바닥을 살피면서 말했다.

사운평이 고개를 끄덕였다.

"네 말이 맞아. 여기서 쉬며 상처를 치료한 것 같은데, 떠난 지 오래 되진 않았어."

뒤쪽에 서 있던 언송초의 얼굴이 상기되었다.

"잘하면 곧 따라잡을 수 있겠군."

"부상자가 많으니 속도를 낼 수 없었을 겁니다."

사운평이 말하며 돌아섰다.

주위에 서 있던 사람들의 표정이 밝아졌다.

쉬지 않고 달려서 조금 지치긴 했지만, 추적의 끝이 보이자 없던 힘까지 솟았다.

십 리쯤 달렸을 때, 멈칫한 사운평이 눈을 들어서 먼 곳을 바라보았다.

쩌저어어엉!

망치로 힘껏 정을 내려치는 것 같은 소리가 멀리서 메아리쳤다.

한편으로는 호수에 얼어붙은 두꺼운 얼음이 깨지는 소리 같기도 했고.

하지만 고수들은 그 소리의 정체를 직감으로 깨달았다.

기와 기의 충돌!

다른 사람과 나란히 달리던 사운평의 신형이 앞으로 튀어나갔다.

"먼저 가겠습니다!"

다른 사람들도 땅을 박차고 신형을 날렸다.

그동안 실력이 일취월장한 이연연도 속도에서 뒤지지 않았다.

그녀를 걱정한 영호명이 슬쩍 돌아보았다가 경악을 금치 못했다.

그가 이연연의 실력을 확인한 것은 이번이 처음이었다.

무공을 익힌 지 얼마나 되었다고 절정고수에게 뒤지지 않는 신법을 펼친단 말인가.

'허어, 벽초가 격체전력으로 공력을 넘겨준 것은 알았지만, 이 정도일 줄은 미처 몰랐군.'

더구나 그녀는 사운평의 특훈을 받아서 더욱 강해져 있었다.

사운평은 십여 리를 단숨에 달렸다.

뒤따라가는 사람들과의 거리가 까마득히 벌어졌다.

그제야 사운평의 진면목을 알게 된 사람들은 허탈감이 들 정도로 놀라서 눈이 커졌다.

하지만 사운평은 속도를 늦추지 않았다.

점점 커지는 기의 충돌음.

간간이 들리는 악다구니.

그리고 날카로운 비명!

"아악! 임 의원니이임!"

초혜가 악을 쓰는 소리다.

누가 위험한 상황인지는 모른다. 초혜인지, 임풍인지.

분명한 것은 두 사람 중 하나가 위험하다는 것이다.

"초혜야아아아! 임푸우우웅!"

사운평이 두 사람의 이름을 외치며 섬전처럼 날아갔다.

계곡 안쪽 공터에서 격렬한 싸움이 벌어지고 있었다.

공터로 날아가는 그의 입에서 외마디 욕설이 터져 나왔다.

"이 개새끼들이!"

"개자식들! 얼마든지 덤벼!"

임풍은 주저앉아 있는 초혜의 앞을 가로막고 악을 쓰며 검을 뺐었다.

왼쪽 팔이 덜렁거렸다.

축 처진 것이 뼈까지 잘린 듯했다.

잘린 곳에서 분수처럼 뿜어지는 피분수.

하지만 그는 죽더라도 초혜를 지키겠다는 듯 눈을 부릅뜨고 전면을 노려보았다.

삼십 대로 보이는 청의인도 그 기세에 질렸는지 쉽게 공격하지 못했다.

그 사이 임풍은 검을 휘둘러서 거치적거리는 자신의 팔을 떼어냈다.

살만 살짝 붙어 있던 팔이 바닥에 떨어져서 나뒹군다.

"아악! 임 의원니이이임!"

피범벅이 되어서 주저앉아 있던 초혜가 그 광경을 보고 비명을 내질렀다.

임풍이 놀란 초혜를 안심시켰다.

"나는 괜찮아, 초혜야. 절대 내 뒤에서 벗어나지 마."

지혈할 시간도 없다. 이대로 스물을 셀 시간만 지나면 피가 다 빠져나가서 죽으리라.

그래도 마지막까지 초혜를 지켜야 한다.

"흥! 원한다면 함께 죽여주지!"

청의인이 코웃음 치며 그를 향해 몸을 날렸다.

번뜩이는 광채가 임풍을 향해 날아들었다.

바로 그때 계곡을 뒤흔드는 고함소리가 들렸다.

"초혜야아아아! 임푸우우웅!"

이를 악문 임풍의 눈이 커졌다.

'그다! 그야! 운평이 왔어!'

온몸을 울리는 전율!

검을 불끈 쥔 그는 혼신의 힘을 다해서 상대의 공격을 막았다.

떵!

청의인의 공격을 겨우 막아낸 그의 몸이 뒤로 나뒹굴었다.

주저앉아 있던 초혜가 손을 뻗어서 그의 몸을 붙잡았다.

"임 의원님!"

강력한 저항에 주춤했던 청의인은 재차 공격하려다가 고개를 번쩍 쳐들었다.

그의 눈이 튀어나올 듯이 커졌다.

"이 개새끼들이!"

외마디 욕설과 함께 하늘이 쪼개지고 있었다.

쩌저저저적!

안색이 창백해진 청의인은 반사적으로 검을 들어서 막았다.

순간, 벼락이 내리꽂혔다.

콰아앙!

검과 몸뚱이가 거의 동시에 쪼개졌다.

사운평은 피를 분수처럼 뿜어내는 청의인을 보지도 않고 초혜와 임풍을 향해 고개를 돌렸다.

"초혜야, 어서 지혈부터 시켜!"

멍하니 사운평을 보던 초혜가 임풍의 팔을 있는 힘껏 움켜쥐었다.

갈원 등의 사정도 임풍과 큰 차이가 없었다.

한쪽 다리를 질질 끌고 있는 갈원, 피칠갑을 한 채 주먹을 휘두르는 궁탁, 금방 쓰러질 듯 비틀거리는 낙수교.

혈인이 된 세 사람이 마지막 힘을 쏟아내고 있었다.

그나마 언소소는 그들 덕분에 아직 큰 상처가 없는 듯했다.

하지만 창백하다 못해 푸르게 보이는 안색은 그녀의 내상이 심상치 않음을 말해주고 있었다.

귀혼문 무사들의 사정은 더욱 심했다.

아홉 명 중 살아남은 사람은 다섯. 또 다시 네 명이 죽었다.

살아남은 다섯도 성한 자가 없었다.

반면 남아 있는 은천령 무사들은 이십여 명.

사운평이 청의인을 일도에 두 쪽 내자, 갈의인 셋과 청의인 하나가 몸을 돌렸다.

"웬 놈이냐!"

사운평은 대답 대신 신형을 날렸다.

임풍의 팔이 잘리고, 초혜가 피범벅이 되어 주저앉아 있다.

그 어느 때보다 강렬한 분노가 그의 이성을 집어삼켰다.

"죽여 버리겠어, 개자식들!"

분노가 극에 달한 그의 눈에서 살기가 쏟아졌다.

사운평과 눈이 마주친 갈의인들은 온몸에 소름이 돋았다.

도검을 뻗어 대항을 해보건만, 마치 그물에 갇힌 듯 몸을 마음대로 움직일 수가 없었다.

떠더덩!

사운평의 칼은 갈의인들의 도검을 수수깡처럼 부러뜨리고, 사지를 가치치듯 쳐냈다.

"크억!"

"끄아악!"

갈의인들의 입에서 터져 나온 처절한 비명.

공포마저 느껴지는 그 비명에 청의인조차 안색이 해쓱하게 질렸다.

사운평은 눈 하나 깜짝하지 않고 재차 몸을 날리며 칼을 휘둘렀다.

그런데 그의 눈빛에서 섬뜩한 묵광이 번뜩였다.

분노가 극에 이르자, 저 깊숙이 웅크리고 있던 마기가 슬며시 머리를 내민 것이다.

그 눈빛을 본 청의인은 무의식중에 몸이 후들후들 떨렸다.

'사, 사람의 눈빛이 아니야! 아수라의 눈빛……!'

서걱!

사운평의 칼이 청의인의 목을 훑고 지나갔다.

생각지도 못한 상황.

갈원과 궁탁, 낙수교를 공격하던 은천령 무사들은 그 광경을 보고 대경실색했다.

내로라하는 강호의 절정고수가 단칼에 목이 잘리다니!

하지만 경악은 이제 시작일 뿐이었다.

"모두…… 죽인다!"

사운평이 나직하게 그르렁거리는 목소리로 말하며 은천령 무사들 쪽으로 날아갔다.

은천령 무사 중 서너 명을 뺀 대부분이 사운평을 향해 돌아섰다.

"미친놈! 저놈을 죽여라!"

청의인 중 이마에 커다란 점이 박힌 중년인이 소리쳤다.

사운평이 그들 중앙으로 뛰어들더니 칼을 휘둘렀다.

그의 이 장 주위가 시커먼 도영의 그물로 뒤덮였다.

둘이 하나가 된 무영천살도와 천추오검은 이제 초식의 구별이 없었다.

마음을 따라 흐르는 도식은 천지를 모조리 파괴해버릴 것처럼 가공할 위력을 발휘했다.

가히 만부막적(萬夫莫敵)의 위세.

공포의 도식이 펼쳐질 때마다 무기가 부서지고, 몸이 갈라지고, 비명이 계곡을 뒤흔들었다.

"으악!"

"으으으, 물러서!"

공포에 질린 은천령 무사들이 뒤늦게 뒤로 물러섰다.

그때는 이미 절반이나 되는 자들이 마기의 제물이 되어서 널브러진 상태였다.

하지만 사운평은 그 정도로 만족하지 못한 듯 물러서는 자들을 공격했다.

"놈은 혼자다! 물러서지 말고 공격해!"

이마에 점이 박힌 청의 중년인이 악을 쓰듯 소리쳤다.

은천령 무사 중 몇은 핏발 선 눈으로 사운평에게 달려들고, 몇은 공포를 이기지 못하고 도주했다.

하지만 청의 중년인이 소리쳤을 때는 천해문 사람들이 이미 공터로 진입하고 있었다.

"어딜 도망가려고!"

언송초가 분노의 일성을 터트리며 은천령 무사들의 앞을 막았다.

영호명과 막귀붕 등도 공터로 들어섰다.

천해문 사람들은 온몸이 피로 물들어 있는 임풍과 초혜의 모습만 보고도 분노했다.

"이놈들!"

"죽여!"

당황한 은천령 무사들은 그들의 분노를 버텨내지 못했다.

번쩍!

벼락같은 광채와 함께 북야진의 검이 갈의인의 가슴을 꿰뚫었다.

영호명과 언송초, 막귀붕, 홍위, 북야설, 위지강, 양씨 형제도 망설이지 않고 은천령 무사들을 공격했다.

은천령 무사들이 강하다 해도 그들의 상대는 되지 못했다.

이마에 점이 박힌 청의 중년인도 완숙한 절정경지에 이른 고수였지만, 그 정도 실력으로는 낙일검제를 넘어설 수 없었다.

그때 예리상이 악을 쓰며 몸을 날렸다.

"안 돼에에!"

갈원이 비틀거리며 물러서고 있었다.

쩍 벌어진 가슴에서 피가 뿜어진다.

단숨에 오 장을 날아간 예리상은 전력을 다해서 검을 떨쳤다.

갈원의 가슴을 가르고 돌아서는 은천령 무사를 향해서 한줄기 섬전이 뻗어갔다.

벼락이 따로 없었다.

은천령 무사가 대경하며 몸을 돌린 순간, 예리상의 검이 심장을 관통했다.

예리상은 그자를 발로 뻥 차버리고 갈원에게 달려갔다.

"아버지이이!"

느닷없이 터져 나온 한마디.

쓰러지려던 갈원이 움찔하며 고개를 들었다.

그의 무섭게 생긴 얼굴에서 희미한 미소가 피어났다.

'죽어선 안 될 이유가 하나 생겼군.'

한편, 이연연은 호우와 함께 초혜와 임풍을 보호했다.

그런데 은천령 무사들이 거의 다 쓰러졌을 때였다.

"오빠!"

이연연이 눈을 치켜뜨고 빽 소리쳤다.

갈의인의 심장에 좌수 손가락을 깊숙이 찔러 넣은 사운평이 몸을 부르르 떨었다.

'헛! 이런!'

이를 악물고 눈을 두어 번 깜박인 그는 갈의인의 가슴에서 후다닥 손가락을 뺐다.

손가락이 시뻘겋게 물들어 있었다.

그는 숨을 깊게 들이쉬어서 정신을 차리고 천천히 고개를 돌렸다.

두 눈에서 넘실거리던 묵기도 어느새 게 눈 감추듯 사라진 상태였다.

"연연아, 불렀어?"

"이리 와서 임 의원님 상처 좀 봐줘요."

"그, 그래."

이연연은 안도하며 가슴을 쓸어내렸다.

'휴우우, 다행히 마기가 전처럼 힘을 쓰지 못하는구나. 역시 상천 보리선공이 효과가 있어.'

사운평은 죄라도 지은 사람처럼 이연연의 눈치를 보며 초혜와 임풍 옆으로 쪼르르 다가왔다.

"어디 얼마나 다쳤는지 좀 봐."

"저 때문에 팔이 잘렸어요. 저 때문에……."

초혜가 넋이 반쯤 빠진 듯 멍한 표정으로 중얼거렸다.

그녀의 큰 눈에서 눈물이 폭포수처럼 주르륵 흘러내렸다.

사운평은 착잡한 눈빛으로 그녀를 보고는 고개를 돌렸다.

임풍은 팔만 잘린 것이 아니었다. 어깨와 다리도 깊게 베였고, 연속된 충격으로 내상이 심해서 팔다리 움직이는 것조차 힘들었다.

"정말 멍청하게 싸웠군. 쯔쯔쯔."

사운평이 혀를 차며 고개를 흔들었다.

임풍은 쓴웃음을 지으며, 이연연이 치료하고 있는 초혜를 바라보았다.

"후회하지 않아. 그 덕에 초혜를 지킬 수 있었으니까."

"그래, 잘했다, 임풍. 잘했어. 어휴……."

뭐라고 하랴. 덕분에 초혜가 무사하지 않은가.

임풍의 상처를 손본 사운평은 명문혈에 공력을 주입해서 내상을 마저 다스렸다.

초혜의 상처는 이연연이 손보았다. 초혜는 전에 다친 등과 엉덩이 외에도 옆구리와 무릎을 크게 다쳐서 당분간 걷기가 힘들 듯했다.

"이제 비켜봐라."

영호명이 나서서 초혜의 내상을 다스렸다.

다른 사람들도 부상자들의 상처에 금창약을 뿌리고, 죽은 자의 옷을 찢어서 상처를 싸맸다.

언소소는 언송초가, 갈원은 입을 딱 다문 예리상이 치료했고, 궁탁과 낙수교도 북야진과 막귀붕이 각각 달라붙었다.

위지강과 홍위, 양씨 형제는 왕호문과 귀혼문 무사들의 치료를 도와주었다.

"고맙네."

왕호문이 무뚝뚝한 표정으로 위지강에게 말했다.

"별 말씀을. 그나마 상처가 깊지 않아서 다행입니다."

"오늘의 도움, 잊지 않겠네."

위지강은 묘한 감정에 절로 쓴웃음이 지어졌다.

자신이 은명곡의 소곡주였다는 걸 알면 어떤 표정일까?

第十章

패왕(覇王)의 흔적

　사운평 일행은 장치 남동쪽 칠십 리 떨어진 곳에 있는 산속마을 연풍으로 들어갔다.

　연풍으로 일행을 안내한 사람은 영호명이었다.

　그는 이십 년 전 그 마을에서 열흘 가량 머문 적이 있었다.

　계곡 깊은 곳에 있는 연풍은 외지인의 발길이 거의 없는 곳으로, 아마 그도 특별한 인연이 없었다면 그런 마을이 있다는 것을 알지도 못했을 것이다.

　영호명이 일행을 그곳으로 데려간 것은 바로 그 특별한 인연 때문이었다.

　목적지는 마을의 끝에 있는 태을장(太乙莊). 그곳에 이십 년 지기가 살고 있었다.

"오랜만이네, 한사."

"정말 오랜만에 보는군. 이십 년쯤 되었나?"

"그쯤 되었지."

"그런데 어디서 저런 시체 직전의 폐물들을 데리고 왔나?"

마당에서 영호명과 마주서있던 노인이 사운평 일행 쪽을 돌아보며 말했다.

노인은 키가 작았다. 허리를 꼿꼿이 세워도 영호명의 가슴밖에 닿지 않았다.

그런데 통통한 몸에 높이가 두 자나 되는 괴상한 관(冠)을 쓰고 있어서, 보고 있으면 웃음이 나올 정도로 생김새가 묘했다.

'재미있게 생긴 노인이군.'

사운평은 자신의 마음을 숨기지 않고 웃었다.

"큭큭큭……."

그렇게 소리까지 내서.

영호명이 한사라고 부른 노인. 고한사의 시선이 사운평에게서 멈췄다.

"뭐가 그렇게 우스운가?"

사운평은 솔직하게 말했다.

"도관이 무겁지 않습니까?"

"전혀."

"목에 부담이 되실 텐데요."

"자네는 내 목보다 저 사람들이나 더 신경 쓰게."

그때 영호명이 쓴웃음을 지으며 말했다.

"한사, 여기에서 며칠만 머물렀으면 하는데, 괜찮겠나?"

"한 달을 머물러도 상관없지. 그런데…… 저놈은 안 돼."

고한사가 통통한 손을 들어서 검지로 사운평을 콕콕 찍었다.

그제야 웃기가 사라진 사운평이 머쓱한 표정으로 말했다.

"대가는 충분히 드리겠습니다."

"돈은 필요 없어."

"듣자하니 의술 솜씨가 뛰어나다고 하시던데요."

"신경 꺼."

"강호의 동도로……."

"나는 네 동도 아냐. 그만 가봐."

"그러시지 말고……."

"혼자 가기 싫으면 다 데리고 가든가."

졸지에 혼자 쫓겨나게 생긴 사운평은 구원의 눈빛으로 영호명을 바라보았다.

영호명은 고한사가 천하에서 다섯 손가락 안에 들어가는 신의라고 했다.

연풍까지 온 가장 큰 이유는 바로 그의 의술 때문.

그러니 부상자들을 데리고 그냥 떠날 수도 없었다.

"노선배님이 어떻게 좀……."

하지만 영호명도 고한사의 고집을 꺾지 못했다.

"자네도 가고 싶으면 가."

말을 붙이기도 전에 그렇게 쏘아붙이는데 뭐라고 하랴.

"문주, 저 아래쪽 마을로 내려가면 작은 주루가 하나 있네. 아마 손님을 위한 방도 있을 거네. 거기서 지내면 어떻겠나?"

얼굴이 구겨진 사운평은 이연연을 돌아보았다.

사실 가장 아쉬운 점은 혼자가 되는 것보다 이연연과 헤어져야 한다는 것이었다.

'연연이에게 함께 나가자고 할까?'

연연이만 함께 간다면야…….

그때 이연연이 환한 미소를 지으며 고한사에게 말했다.

"할아버지, 그 멋진 도관, 혹시 금실로 짠 거 아니에요?"

슬쩍 시선을 돌린 고한사의 입가에 주름이 길게 그어졌다.

자식 둘에 손자도 여섯이나 되는데 딸과 손녀가 없는 그다.

그 점을 항상 아쉬워했던 그는 아름다운 이연연의 미소를 대하자 화난 감정이 스르르 녹아버렸다.

"허허허, 네가 보는 눈이 있구나."

"오빠도 아마 도관이 멋져서 미소를 지었을 거예요. 더구나 무겁게 보이니 할아버지가 걱정되어서 그런 말을 한 거구요."

"흥, 그런 것 같지 않은데?"

"이렇게 하면 어때요? 함께 지내게 해주시면, 제가 있는 동안 할아버지 손발을 주물러드릴게요."

고한사의 고집스럽던 눈빛이 흔들렸다.

"그게…… 정말이냐?"

"그럼요. 제가 안마를 아주 잘하거든요."

전에 벽초의 팔다리를 자주 주물러주었다.

"험, 뭐 그렇다면 생각을 달리 해볼 수도 있다만……."

고한사가 좋으면서도 머뭇거리자, 영호명이 실소를 지으며 재빨리 상황을 마무리 지었다.

"그럼 그렇게 하기로 하고…… 자, 안으로 들어가세."

＊　　　＊　　　＊

고한사의 의술은 영호명이 높이 살 정도로 대단했다.

특히 침술은 의원인 임풍조차 감탄해서 치료하는 방식을 눈여겨볼 정도였다.

그런데 고한사의 침술을 살펴보던 임풍이 뭔가를 떠올리고 경악한 표정을 지었다.

"저, 혹시 노선배님께서 과거에 태을선의(太乙仙醫)라 불렸던 분 아닙니까?"

고한사가 임풍을 째려보며 대답했다.

"옛날에 친구들이 그렇게 불렀지. 그런데 네가 어떻게 그 이름을 아는 거냐? 지금은 아는 사람이 거의 없는데."

"제 스승님께서 입버릇처럼 말씀하셨습니다. '천하에 명의는 많지만, 신의라 불릴 수 있는 분은 셋밖에 없다.' 그러시면서 '그중에서도 침술만큼은 동방에서 온 태을선의가 제일이다.' 라고 하셨지요."

"흥, 신의는 무슨, 친구를 죽인 늙은이일 뿐인데. 실없는 소리 그만하고 조용히 있어."

코웃음 치는 고한사의 눈빛이 순간적으로 떨렸다.

단 한 번, 침을 잘못 놓아서 친구를 잃은 그에게는 신의라는 허울도 아무 소용이 없었다.

'그때 조금만 더 신중했어도 그 친구의 몸이 다른 사람과 다르다는 걸 눈치챘을 텐데……'

고한사가 부상자들을 치료하고 있던 그 시각.

사운평은 방에서 이연연에게 잔소리를 듣고 있었다.

"오빠, 왜 그렇게 심장에 집착해요? 정말 먹고 싶었어요?"

"아니 뭐…… 꼭 그런 것은 아닌데……."

"심장이 진짜 쫄깃쫄깃한가 봐요?"

"나도 잘 몰라. 돼지 심장은 먹어봤는데…… 조금 쫄깃하긴 했지."

"그건 저도 먹어보았어요."

"연연이도?"

"그럼요. 하지만 사람 심장 먹어보고 싶다는 생각은 들지 않았죠."

"나도 평상시는 안 그런데……."

"앞으로 시간 날 때마다 상천보리선공을 익히세요. 걸을 때나 쉴 때나. 항·상!"

사운평은 찍소리 못하고 이연연의 명령에 따랐다.

"어. 그렇게 할게."

"이리 와 봐요. 얼굴에 묻은 피 닦아드릴게요."

언제 풀이 죽었냐는 듯 사운평이 실실 웃으며 얼굴을 내밀었다.

이연연은 손바닥만 한 천에 찻물을 묻혀서 사운평의 얼굴에 묻은 피를 꼼꼼하게 닦아주었다.

이마, 코, 볼, 턱······.

사운평은 코앞에 있는 이연연의 반달처럼 휘어진 큰 눈을 빤히 바라보았다.

너무나 예뻤다.

이연연이 숨을 쉴 때마다 묘한 향기가 났다.

복숭아 향 같기도 하고, 매화 향 같기도 하고······.

"많이 묻었어?"

"조금요."

쪽!

"입술에도?"

"아뇨."

쪽!

이연연은 피하지 않았다.

피하기는커녕 사운평이 기습할 때마다 슬쩍 입술을 내밀었다.

사운평은 용기를 내서 손을 뻗었다. 그의 손이 등 뒤로 돌아가기도 전에 이연연이 먼저 바짝 안겼다.

얼굴이 발갛게 상기된 그녀가 사운평의 귀에 대고 속삭였다.

"오빠."

"어."

"우리····· 언제 아기 만들어요?"

*   *   *

바람이 세차게 불던 이월 어느 날.

소죽원에서 난데없는 고함이 터져 나왔다.

"이, 이런……!"

쾅!

굉음과 함께 부서진 탁자가 바닥에 흩어졌다.

"어떻게 이런 일이 벌어졌단 말이냐!"

전각을 뒤흔드는 노성.

분노의 일성을 내지른 은천령 이령주 수연평은 움켜쥔 주먹을 부들부들 떨었다.

건곤일척의 계를 눈앞에 둔 지금 정예무사 스물다섯이 전멸하다니.

개중에는 절정고수만 해도 다섯이나 되거늘.

왠지 예감이 좋지 않았다. 불길한 예감.

"어떤 놈들인지 밝혀졌느냐?"

무릎을 꿇고 있던 중년인이 고개를 들었다.

식은땀으로 이마가 번들거렸다.

"정확한 정체는 아직 밝혀지지 않았습니다. 다만, 용원장에 들렀던 자들인 것은 분명한 것 같습니다."

"용원장에 들렀던 자들에 대해서는 조사했느냐?"

"귀혼문 놈들 같습니다."

"이런, 이런!"

"거기다 천해문의 잔당까지 끼어들었는데, 나중에는 그들을 찾아 나선 자들까지 합세한 것이 아닌가 생각됩니다."

"빌어먹을! 하찮은 천해문 놈들 때문에 일이 이 지경이 되다니."

수연평의 입에서 좀처럼 나오지 않던 욕설이 튀어나왔다.

무릎 꿇고 있던 중년인은 그래서 더 두려웠다.

수연평은 인자한 선비와 같은 성격이다.

단, 평소 때만 그렇다.

분노하면 눈 하나 깜짝 않고 사람의 목을 칠 정도로 냉정하다.

다행히 수연평은 대계를 앞두고 있었기에 분노를 삭였다.

"놈들의 위치는 알아냈느냐?"

"지금 조사하고 있으니 곧 밝혀질 것입니다."

"왠지 불길한 놈들이야. 대계가 시작되기 전에 반드시 찾아내라."

"예, 이령주."

"명심해라, 진복. 한번만 더 실수한다면…… 네가 아무리 내 조카라 해도 목숨을 거둘 것이니라."

중년인, 수진복은 이마를 바닥에 처박았다.

"명심하겠습니다!"

           *   *   *

왕호문은 귀혼문 제자 하나를 웅이산 총단으로 보냈다.

사운평도 홍위를 하벽으로 보내서 소청에게 자신의 말을 전달하게 했다.

영호명은 양씨 형제와 함께 고수들을 규합하기 위해 남쪽으로 내려갔다.

그리고 닷새가 흘렀다.

봄이 가까워졌는지 햇살의 따스함이 하루하루 다르게 느껴졌다.

사타구니까지 얼릴 것 같던 삭풍도 누그러져서 나들이 다니기 좋은 날씨가 계속되었다.

하지만 몇 사람은 봄이 가까워질수록 표정이 무거워졌다.

언송초도 그런 사람 중 하나였다.

"다행히 소소의 내상이 빠르게 낫고 있네."

"다행이군요."

"그런데 봄이 올 때까지 기다리기만 할 건가?"

언송초가 찻잔을 내려놓고 물었다.

"그럴 순 없죠."

"그럼 어떻게 할 건가? 날이 풀리고 있으니 곧 본격적인 전쟁이 벌어질 텐데."

"지금쯤 신궁이나 천화궁에서도 어떤 움직임이 있을 겁니다. 어쩌면 천의산장과 무림맹도 움직이고 있을지 모르지요. 해서 홍 선배의 연락이 오는 대로 장치에 가볼 생각입니다."

"장치에? 그럼 천화궁 쪽과 만나볼 생각인가?"

"예, 지금으로선 천화궁의 의향에 따라서 싸움의 향방이 달라질 겁니다."

언송초의 눈매가 꿈틀거렸다.

"결국 산서가 태풍의 중심이 되겠군."

"아주 큰 태풍이 불 겁니다. 천하를 날려버릴 정도로 거센 태풍이. 저는 그 태풍 속에서 취할 것만 취할 생각이죠."

그 말을 하면서 씩 웃는 사운평이다.

"허어……."

언송초는 어이가 없어서 절로 실소가 나왔다.

'저놈의 속마음을 알면, 천하 거대세력의 주인들이 기절하겠군.'

천하를 놓고 사기 치는 저놈에 비하면, 설편자라고 불리는 자신은 동네 사기꾼에 불과했다.

그날 오후, 초혜는 임풍을 만나서 자신의 속마음을 털어놓았다.

"임 의원님, 몸이 나으면 저와 함께 낙양으로 돌아가요."

"우리만?"

"어차피 우리는 여기에 있어봐야 도움도 안 되잖아요. 차라리 낙양에 가서 천의산장 쪽 움직임이나 살펴보는 게 훨씬 더 나아요."

"초혜, 네 말이 옳긴 한데……."

"제가 맛있는 요리도 많이 해드릴게요. 그리고 바쁘지 않을 때는 낙양 근교로 함께 놀러 다녀요. 봄이 되면 구경할 것이 정말 많거든요. 어때요, 그렇게 하실 거죠?"

"나야 좋지. 그런데…… 억지로 그럴 필요는 없어, 초혜야."

임풍이 씁쓸한 표정으로 말했다.

초혜가 왜 그런 말을 하는지 그가 왜 모를까.

미안한가보다. 미안해서 어떻게든 잘해주고 싶은가보다.

그걸 알면서도 가슴이 쿵쿵 뛰는 걸 보니 못난 놈은 어쩔 수 없나보다.

"억지로 이러는 게 아니에요. 정말 그러고 싶어요."

"하지만…… 후우, 초혜야, 네가 문주를 좋아하는 거, 나도 잘 알고 있어. 내 팔이 잘린 것 때문에 문주에 대한 마음을 접는 거라면 바라지 않아."

"아니에요, 그게 아니에요."

초혜의 두 눈에서 눈물이 주르륵 흘렀다.

"그동안 제가 어리석었어요. 저를 위해서 뭐든 해주려는 사람이 옆에 있는 데도 저는 멍청하게 먼 곳만 바라보았어요. 고개를 돌려서 옆을 바라보기만 했어도, 저에게 가장 잘 어울리는 사람이 항상 바로 옆에 있었다는 걸 알았을 텐데……."

"초혜야……."

"그날 이후 저는 확실하게 알았어요. 저에게는 문주님보다 임 의원님이 훨씬 잘 어울린다는 걸요."

임풍의 얼굴이 벌게졌다.

자책감으로 인한 일시적인 감정이라 해도 상관없었다. 그저 그런 감정이 조금이라도 오래 가주기만 바랄뿐.

"정말…… 그렇게 생각해?"

끄덕끄덕.

고개를 끄덕이는 초혜의 눈에는 눈물이, 입가에는 환한 웃음이 걸려 있었다.

"후회하지 않을 자신 있어?"

"후회할 것도 없어요. 어차피 문주님은 연연이 동생만 생각하는데요 뭐."

초혜가 두 손을 뻗어서 임풍의 손을 움켜쥐었다.

"이제부터 제가 임 의원님의 팔이 되어드릴게요."

임풍은 갑자기 목이 메어서 아무 말도 할 수 없었다.

왈칵 솟구친 눈물이 참을 새도 없이 넘치더니 주르륵 흘러내렸다.

'초혜야…… 고맙다.'

사운평은 털레털레 걸어서 마당을 나섰다.

'다행이야, 팔이 잘려서 의기소침해 할까봐 걱정했는데.'

임풍이 걱정되어서 왔다가 우연히 들었다.

자신이 들어가 봐야 분위기만 깨질 터, 발걸음소리도 죽인 채 몰래 돌아섰다.

차라리 잘 된 일인지 모른다.

아무리 생각해봐도 초혜를 여자로서 좋아했던 것은 아닌 듯했다.

그저 살가운 여동생 정도?

오히려 초혜가 자신을 계속 마음에 품고 있었으면 상처를 받았을지도 모른다.

그런데 초혜의 마음도 정리되었고, 임풍도 활기를 되찾을 수 있게 되었으니 그 이상 뭘 더 바랄까.

근데…… 왜 이렇게 아쉽지?

초혜가 자신을 버리고 임풍을 택했기 때문에?

그게 아니다.

'쩝, 이제 맛있는 거 얻어먹으려면 임풍에게 잘 보여야겠네.'

남들은 어떻게 생각할지 몰라도, 그는 초혜의 요리를 전처럼 마음대로 얻어먹을 수 없다는 게 너무나 아쉬웠다.

정말 그다운 이유였다.

'연연이에게 초혜의 요리법을 배우라고 해야지.'

학벽에 갔던 홍위가 돌아온 것은 석양이 질 무렵이었다.

그런데 뜻밖의 손님을 데리고 돌아왔다.

백교하의 명으로 사운평을 만나러 나온 진방방을 데려온 것이다.

사운평은 그녀를 보자마자 무의식중에 소리쳤다.

"어? 아줌마!"

진방방이 눈을 흘겼다.

"아참! 누님이라고 부르기로 했죠? 하하하."

그제야 진방방의 표정이 펴졌다.

"근데 어떻게 홍 선배와 함께 온 거요?"

"아가씨 명으로 문주를 만나려고 학벽에 갔더니 낙양으로 갔다지 뭐예요. 그래서 고민이 많았는데, 마침 이분이 오셔서 함께 왔어요."

"무슨 일이라도 있어요?"

"꼭 드릴 말씀이 있다고 모셔 오래요. 최대한 빨리."

*　　　　*　　　　*

다음 날 아침.

사운평은 간단히 역용을 한 후 젊은 사람 몇 명만 대동하고서 장치로 향했다.

조연홍은 당연히 데려갔고, 북야진과 북야설, 위지강, 예리상이 그와 동행했다.

단, 이번만큼은 이연연과 호우를 대동하지 않았다.

사실 조연홍도 따라가고 싶지 않았다. 그는 내상을 입은 언소소를 두고 떠난다는 게 영 불안했다.

오죽하면 '혹시 나와 소소를 떼어놓으려고 데려가는 것 아냐?' 하는 생각마저 들었다.

아마 이연연을 데려갔다면 그런 생각을 했을지 몰랐다.

하지만 사운평은 웬일로 이연연을 데려가지 않았다. 그러니 자신도 찍소리 못하고 따라가는 수밖에.

그는 생각도 못했다.

사운평이 왜 이연연을 데려가지 않는지.

연풍에 온 첫날, 무슨 일이 있었는지.

그의 마음이야 어떻든 사운평은 기분 좋게 발걸음을 옮겼다.

'흐흐흐, 어쩌면 그날 아기가 만들어졌을지도 몰라.'

장치에서 동쪽으로 삼십 리.

태행산맥에서 서쪽으로 뻗은 만평산 산자락에 거대한 장원이 배부른 청룡처럼 누워 있었다.

일곱 개의 커다란 전각이 북두칠성 형태로 우뚝 서 있는 대장원. 그곳이 바로 칠성문의 본거지인 칠성장이었다.

"멋진 장원이군."

사운평은 능선 위에서 칠성장을 보며 감탄한 표정을 지었다.

"건물이 칠성의 이치에 따라서 지어져 있군요."

조연홍이 나름대로 아는 척했다.

사운평이 힐끔 그를 보더니 한마디 했다.

"북두칠성을 많이 봐서 바로 알아보는군."

도둑은 밤과 친구니까.

조연홍은 사운평을 흘겨보며 입술만 삐죽였다.

'대형도 많이 봤을걸?'

살수도 밤에 주로 활동하니까.

사운평은 조연홍의 곁눈질을 못 본 척하고 사람들을 둘러보며 말했다.

"누가 물어보면, 우리는 학벽에 있는 해천문 사람들인데 천화궁을 돕기 위해서 온 거라고 해."

그 말에 조연홍이 토를 달았다.

"대형, 문파 이름을 바꾸면 어때요?"

"왜?"

"천해문과 해천문, 비슷하잖아요?"

"그래? 그럼 왕검문은 어때?"

"그건 너무 촌스러워요."

"천하제일문은?"

"후우, 그냥 해천문으로 하죠."

사운평은 조연홍을 빤히 쳐다보았다.

자라처럼 목을 쏙 집어넣은 조연홍은 슬그머니 고개를 돌렸다.

'쳇, 내가 뭐 못할 말 했나?'

칠성장에 들어가는 일은 어렵지 않았다.

천화궁을 돕기 위해서 왔다고 하자 일단 객당의 방이 배정되었다.

더구나 진방방과 동행인 것을 알고 이것저것 귀찮게 묻지도 않았다.

"여기서 기다려. 갔다 올 테니까."

사운평은 일행을 객당에서 기다리게 하고는 진방방과 함께 백교하를 만나러 갔다.

오가던 자들이 진방방과 사운평을 쳐다보았다.

하지만 그뿐, 그들은 하던 일에 열중했다.

지금 천화궁은 외부 무사가 반은 되었다.

비밀지부의 무사는 물론, 백군맹과 신궁에 적대적이던 문파의 무사들이 몰려든 것이다.

그러니 진방방이 허리 꼬부라진 노인과 함께 걸어가도 이상하게 생각할 사람이 없었다.

백교하가 머무는 곳은 칠성장의 일곱 개 대전각 중 맨 끝에 있는 요광전(搖光殿)이었다.

사운평이 진방방과 함께 들어가자, 백교하가 살짝 상기된 표정으로 사운평을 맞이했다.

"오시느라 수고했어요."

"수고는요. 근데 왜 직접 보자고 한 겁니까?"

어찌 그걸 사실대로 말할 수 있을까.

백교하는 어색함을 무마하기 위해서 재빨리 둘러댔다.

"본 궁에 숨어 있는 자들의 정체 때문에 할 말이 있어서 불렀어요."

사운평은 그때만 해도 크게 신경 쓰지 않았다.

그야 은천령의 잡놈들이겠지. 그렇게 생각했으니까.

"그들의 정체가 아무래도 수상해요."

백교하가 그렇게 말하는데도 조금은 시큰둥한 반응을 보였다.

"어떤 점이 수상하다는 겁니까?"

"말하기 전에 먼저 사 공자가 알아두어야 할 이야기가 있어요."

"말해보쇼."

"혹시 비천문이라는 문파에 대해서 들어본 적 있어요?"

그 말이 나오고서야 사운평의 표정이 조금씩 변했다.

비천문이라는 이름을 직접적으로 거론하다니. 그만한 이유가 있으니 그런 것 아니겠는가 말이다.

"들어봤수. 백 장주가 말해주었죠."

거짓말이다. 하지만 죽은 백원양에게 물어보지도 못할 텐데 뭐.

백교하도 따지지 않았다.

"그 비천문에는 모두 다섯 개의 유파가 있어요. 그중 삼비는 우리 천화와 귀혼, 그리고 패왕을 말하죠. 그리고 나머지 둘은 오래 전부터 세상에 나오지 않았어요."

"설마……?"

사운평이 뭔가를 짐작하고 놀란 표정을 지었다.

"저도 설마 했어요. 그런데 본 궁에 들어와 있는 수상한 무리에게서 비천문 특유의 기운이 느껴진다고 해요."

순간, 사운평의 눈빛이 반짝 빛을 발했다.

천화궁을 빠져나올 때 자신을 공격했던 자들도 비천문의 기운을 지니고 있었다.

그때만 해도 당연한 거라 생각했다. 천화궁의 무사일 수도 있으니까.

그런데 천화궁 제자가 아니면서도 그런 기운을 지니고 있다면 이야기가 달라진다.

"비천문의 기운은 매우 특이해서 흉내 낸다고 흉내 낼 수 있는 게 아니에요. 그러니 저로선 그자들을 비천문의 또 다른 유파로 생각할 수밖에 없어요."

"옳은 말씀이오."

"빙백류는 한기를 품고 있으니 아니에요. 놈들이 살수나 다름없는 짓거리를 하는 걸 보면 살천류일 가능성이 상당히 커요."

'살천류도 절대! 절대로 아니오!'

사운평은 목구멍까지 튀어나온 말을 꾹꾹 눌렀다.

"하지만 저는 살천류보다 패왕류가 마음에 걸려요."

'내 생각도 같소.'

"사실 패왕류는 과거 삼비총 사건 때 가장 피해가 적었어요. 삼룡의 음모를 눈치 채고 마지막에 상당수의 고수들이 뒤로 빠졌으니까요."

"천화와 귀혼에게 적의 음모를 알려주지 않았단 말입니까?"

"예, 혼자서만 뒤로 빠졌지요."

"더러운 놈들이군."

"그런데 이상하게도 그들은 백 년이 넘도록 강호 어디에서도 모습을 보이지 않았어요."

"힘을 갖출 때까지 기다린 거겠죠."

"숨어 있는 자들이 정말로 그들이라면, 그들은 삼룡과 삼비의 공멸을 노릴 거예요."

"삼룡과 삼비의 공멸?"

"물론 완벽한 공멸은 불가능한 일이에요. 그들도 그걸 모를 정도로 어리석진 않을 거구요. 결국 그들이 원하는 것은 공멸에 가까운 몰락이라고 봐야겠죠."

"삼룡과 삼비를 몰락시키고 자신들이 대장 노릇을 하겠다?"

"그래요. 신주구세가 강하다 해도 삼룡과 삼비를 넘어서진 못해요. 그들은 아마 삼룡과 삼비가 무너지면 자신들이 주도하는 세상을 만들려고 할 거예요."

"설마…… 강호일통……?"

백교하가 고개를 천천히 끄덕였다.

"그 정도 힘이 있다면, 누구든 세상의 주인이 되고 싶다는 꿈을 꾸지 않겠어요?"

"어이가 없군. 어디서 그런 미친놈들이……."

"문제는 성공할 가능성이 제법 크다는 거예요."

"성공할지 모른다고요?"

"저들이 정말 강호의 거대세력 곳곳에 첩자를 심어 두었다면, 그리고 그 첩자들이 고위직에 올라가 있다면 불가능한 일도 아니에요."

사운평은 입을 닫았다.

백교하의 추측은 추측이 아니라 현실이다. 누구보다 자신이 그 일을 잘 알지 않는가 말이다.

'지미, 이거 대박을 노리다 죽을 때까지 싸움만 하는 거 아닌지 모

르겠군.'

그때 백교하가 사운평을 빤히 바라보며 말했다.

"이제 사 공자가 알고 있는 사실을 알려줘요. 아마 사 공자는 그들에 대해서 저보다 많은 걸 알고 있을 거예요."

눈이 마주치자 그녀의 기다란 속눈썹이 가늘게 떨렸다.

하지만 피하지 않았다.

잠시 후.

요광전을 나선 사운평은 머릿속이 혼란스러웠다.

백교하는 이야기를 다 듣고 그에게 두 가지를 청부했다.

하나는 천화궁 내에 잠입해 있는 첩자들을 처리해달라는 것.

또 다른 하나는, 위기가 닥칠 경우 천화궁을 구해달라는 것.

첫 번째는 크게 어려울 것 없었다.

문제는 두 번째였다.

망하게 하는 거라면 얼마든지 자신 있었다. 하지만 구하는 것은 자신 없었다.

자신이 아무리 보호하려 해도 제멋대로 날뛰면 끝장날 테니까.

'그렇다고 금자 만 냥짜리 청부를 마다할 수도 없고…….'

정말 고민이 아닐 수 없었다.

천하제일해결사가 대박 중에 대박 청부를 포기할 수는 없는 일 아닌가 말이다!

그런데 사운평은 너무 고민하는 바람에 멀리서 자신을 바라보고 있는 자가 있다는 걸 눈치 채지 못했다.

'누군데 백교하가 안으로 불러들였지?'

복장을 보니 천화궁 무사는 아니다. 처음 보는 얼굴.

그래서 더 의문이었다.

천화궁 내에서도 백교하를 만나 이각 이상 이야기를 나눌 만한 사람은 몇 없다.

하물며 외부와 단절된 생활을 한 그녀가 누굴 안단 말인가?

'아무래도 뭔가 있어.'

패왕위 이대주 공양수는 싸늘한 눈빛으로 사운평의 뒷모습을 바라보았다.

*   *   *

천선전(天璇殿)에서 나온 동방환은 연무장 건너편에서 지나가는 무사를 보고 미간을 좁혔다.

걷는 모습이 어디서 많이 본 듯했다. 몸집도 눈에 익었고.

하지만 얼굴은 한 번도 본 적이 없는 청년이었다.

'누구지?'

그때 청년이 고개를 돌리더니 씩 웃었다.

'응? 나를 아나?'

그의 의문을 풀어주겠다는 듯 청년이 혼자서 장법을 펼쳤다.

동방환의 눈이 휘둥그레졌다.

그는 청년이 펼친 장법 초식을 전에 본 적이 있었다.

자신에게 진한 패배감을 심어주었던 초식이거늘 어찌 잊을 수 있으랴.

하지만 그는 상대를 야속하게 생각할 여유가 없었다.

그 초식으로 속을 뒤집어 놓을 수 있는 자는 오직 하나뿐.

'그가 들어왔군.'

놀란 그가 막 청년을 향해 가려고 하는데 전음이 들렸다.

『이따 보죠. 술시 말쯤 장원 서쪽에 있는 십리림으로 찾아오쇼. 꼬리 조심하고.』

　　　　　*　　　　　*　　　　　*

가로세로 십 리나 되어서 십리림이라 불리는 송림은 장원에서 오리 정도 떨어져 있었다.

근처는 대부분 황폐한 황무지거나 마른 풀밭이어서 송림만이 오로지 푸르렀다.

사운평은 송림 동쪽의 가장 큰 소나무 위에 앉아서 동방환을 기다렸다.

왠지 을씨년스럽긴 한데, 보름달 밝은 달빛이 솔잎 사이로 소나기처럼 쏟아지는 경치는 끝내주게 멋졌다.

"달밤에 소나무 위에서 술 한 잔 하는 것도 괜찮겠는데?"

술 한 병 가져올 걸 그랬나?

사운평이 엉뚱한 생각을 하며 침을 삼킬 때였다.

휘이익!

송림 입구 쪽에서 새소리가 들렸다.

아니, 새를 가장한 휘파람소리였다. 새소리가 아니라는 걸 금방 알아들을 정도로 엉성한 휘파람소리.

"어휴, 꼬리 붙이지 말고 오라고 했더니 엉뚱한 짓을 하는군."

혹시라도 누가 따라오나 살펴보려고 소나무 위에서 기다렸는데…….

그는 소나무에서 내려가기 위해 신형을 날렸다.

송림 안으로 들어오는 동방환이 보였다.

비천무영신법을 펼친 그는 동방환 옆에 유령처럼 내려섰다.

바람소리도 없고 살기마저 없다보니 동방환은 그가 내려선 이후에야 누가 옆에 있다는 것을 눈치 챘다.

"헉!"

뒤늦게 사운평을 발견한 동방환은 헛바람을 들이켜며 뒤로 물러났다.

"왜 휘파람을 분 거요?"

"휴우, 자네였군. 그야 찾기 쉬우라고 새소리를 낸 거지."

"난 감기 걸린 까마귀가 구슬피 우는 소린 줄 알았죠."

동방환이 사운평을 뚫어지게 쳐다보았다.

"정말…… 그렇게 듣기 싫었나?"

"아마 내가 아닌 누가 들었어도, 최소한 새소리라고는 생각지 않았을 거요."

그제야 핀잔을 주고 있다는 걸 깨달은 동방환이 멋쩍은 표정을 지었다.

"미안하게 됐군."

"좌우간 지나간 일이니 그쯤 이야기하고, 본론으로 들어가죠."

동방환도 그 말을 반겼다.

"그러세."

"먼저 황하 건너 쪽 상황을 전해주죠."

동방환의 눈빛이 이른 아침 동녘의 샛별처럼 반짝반짝 빛났다.

"그들이 곧 황하를 건너 북상할 거요. 어쩌면 이미 북상했을지도 모르고."

반짝거리던 샛별이 흔들렸다.

"일단은 낙양에 있는 일진만 움직일 것 같은데, 그들이 움직이면 무림맹도 움직일 겁니다."

"무림맹도?"

"천하의 내로라하는 문파들이 전쟁에 휘말렸는데, 강호의 안녕을 위해 일어섰다는 자들이 가만 있겠수?"

"으으음, 그 말도 일리가 있군."

"그리고 다른 대문파들도 보고만 있진 않을 거요. 가령…… 천도 맹 같은 곳 말이죠."

"귀혼문은?"

동방환이 비수를 던지듯 한마디로 핵심을 찔렀다.

사운평은 씩 웃으며 가볍게 받아냈다.

"귀혼문의 사자가 본 문의 사람들과 함께 모종의 장소에서 대기하고 있지요."

"그게 사실인가?"

"나는 거짓말하려고 동방 형을 만난 것이 아닙니다."

사운평이 쏘아붙이듯 말하자, 동방환이 멋쩍은 표정으로 변명했다.

"험, 그런 뜻이 아니었네. 그래, 지금 어디에 있는가?"

"급하게 생각할 것 없수. 곧 올 거니까."

"언제쯤……?"

"천화궁 쪽이 어떤 뜻을 갖고 있는지, 그것만 확실하게 말해주면 데려오겠수."

"그에 대한 결정은 아버님만이 내릴 수 있네."

"이제 감출 필요 없수. 그들에 대해서 말씀드리고, 어떻게 하실 건지 알려주쇼."

"알겠네. 그렇게 하지."

사운평은 그쯤에서 화제를 돌렸다.

"천밀전 쪽은 어때요? 증거는 확실히 잡았수?"

"지금까지 정황으로 봐선…… 확실히 의심스러운 면이 많네."

'의심스러운 면이 많은 게 아니라, 틀림없다니까!'

사운평은 결론을 내리지 못하는 동방환을 흘겨보았다.

그렇다고 무작정 다그치지도 않았다.

숙부를 의심한다는 게 어찌 쉬운 일일까. 사실이라면 자신의 손으로 처단해야할지도 모르는데.

"정면으로 부딪치기 싫으면 남개상 쪽을 쑤셔보쇼."

"그것도 나쁘지 않은 생각이군. 그런데 천밀전 주위에 께름칙한 자들이 있네."

"사실 그들 때문에 오늘 밤에 만나자고 한 거요."

"그들의 정체를 알아내기라도 했나?"

"현재 가장 가능성 높은 추측은……."

바로 그때.

푸다다닥!

까아악! 까아아아악!

지금쯤 졸고 있어야 할 까마귀가 떼 지어 날아갔다.

"빌어먹을 까마귀들이 분위기 다 깨네."

사운평이야 간이 커서 그러려니 했지만, 동방환은 심장이 떨어지는 줄 알았다.

"후우, 까마귀 때문에 놀랄 줄은 생각도 못했군. 마저 말해보게."

사운평이 다시 분위기를 잡고 나직하게 입을 열었다.

"그들이……."

그 순간 보름달이 구름에 가려지며 온 세상이 암흑이 되었다.

사운평은 오히려 암흑이 더 분위기에 어울린다는 생각이 들었다.

그래서 더 목소리를 음울하게 깔고 말했다.

"그들이 말이오, 패왕의 후예일지 모른다는 거요."

"뭐? 패……왕?"

동방환이 두 눈을 휘둥그렇게 뜨고 펄쩍 뛰었다.

그때, 사운평이 번쩍 고개를 쳐들었다.

온몸에 개미가 기어가는 기분. 살갗에 소름이 돋는다.

산들산들 불어오는 밤바람에 실려 있는 미세한 살기.

"제기랄."

"왜 그러나?"

"누군가가 다가오고 있소. 살기를 스스로 제어할 줄 아는 걸 보니 보통 놈들이 아닌 것 같소."

"설마…… 내가 꼬리를 달고 온 건가?"

그 말에 대답하듯 어둠 속에서 나직한 웃음소리가 울렸다.

"후후후후, 죽을 자리는 잘 골랐군. 아주 멋진 곳이야."

동시에 모래 쓸리는 소리가 파도처럼 밀려들었다.

스스스스스.

사운평의 얼굴이 구겨졌다.

밀려드는 기운에 실린 살기가 숨구멍을 파고들면서 솜털이 올올이 곤두선다.

'빌어먹을 놈들. 이런 살기를 흘리면 남들이 살천류로 알 것 아냐?'

그는 살기 속에 숨어 있는 기운의 정체를 바로 눈치챘다.

아무래도 패왕의 무리인 듯하다.

"도와줄 수 없을 것 같수. 그러니 알아서 빠져나가쇼."

사운평이 말하며 천천히 칼을 뺐다.

동방환도 가슴을 펴고 냉랭히 받아쳤다.

"나도 내 한목숨 지킬 정도는 된다네. 자넨 내가 동료를 놔두고 혼자 도망갈 사람처럼 보이나?"

"금우경이나 등초력이 와도 정면 돌파는 힘들 거요. 죽은 다음 후회하지 마시고, 가랄 때 가쇼."

죽으면 돈을 못 받는다.

'그럴 순 없지.'

동방환도 금우경과 등초력의 이름이 나오자 마음이 흔들렸다.

"정말…… 그 정도인가?"

"동방 형이라도 빠져나가야 지원을 받든가 말든가 할 것 아뇨?"

그 직후, 보름달이 다시 구름 사이로 얼굴을 내미는가 싶더니, 무시무시한 기세가 두 사람을 해일처럼 덮쳤다.

일부는 지상에서, 일부는 하늘에서.

어둠과 밝은 달빛이 공존하는 송림에서 혈투가 벌어졌다.

소리는 크게 나지 않았다.

방어하는 사운평과 동방환도 감각을 최대한 개방한 채 절제된 움직임으로 맞섰다.

쩡! 땅! 퍽!

어둠 속에서 울리는 단발의 격돌음.

짐작대로 암습자들은 상당한 실력을 지닌 고수들이었다. 그들은 어둠을 철저히 이용했고, 사운평과 동방환을 얕보는 우도 범하지 않았다.

스걱!

소름끼치도록 선명하게 들리는 골육이 잘리는 소리.

"컥!"

심장을 찌르는 외마디 비명.

어둠 속에서 솟구치는 피분수가 기괴한 분위기를 연출하며 송림 안을 흉가의 앞마당처럼 만들었다.

하지만 사운평은 숨구멍을 파고드는 살기가 반가웠다. 덕분에 상대의 몸통을 가르면서도 눈 하나 깜짝하지 않았다.

'전에 그 놈들이야.'

얼굴이야 복면을 써서 알아볼 수 없다 해도 무공까지 속이진 못했다.

천화궁을 나설 때 만났던 자들, 이제는 패왕의 후예로 의심되는 자들, 그들이 분명하다.

문제는 그때 만났던 자들보다 더 강하고 집요하다는 것이다.

'쉽지 않겠어.'

표정이 굳은 사운평은 비천무영류를 펼치며 적의 포위망을 빠나가려 했다.

복면인들 중 몇이 사운평의 진로를 가로막으며 무기를 휘둘렀다.

허공에서도 서너 명이 떨어져 내리며 사운평이 빠져 나갈 공간을 차단했다.

은밀한 움직임, 두려움을 모르는 전격적인 공격, 거기다 철저한 합공까지.

'지미, 진짜 한번 해보자, 이거지?'

이를 악문 사운평은 도에 공력을 집중시키고 무영천살도를 펼쳤다.

은은한 묵빛 도강, 소리 없는 도세가 어둠을 난자했다.

그때 전면의 복면인이 도세 속으로 뛰어들며 검을 뻗었다.

떵!

사운평은 강력한 도세로 복면인의 검을 사선으로 튕겨냈다.

충격을 이기지 못한 복면인이 비틀거리며 옆으로 밀렸다.

순간, 검을 쳐내고 솟구치던 사운평의 도가 급격히 방향을 틀어서 벼락처럼 떨어졌다.

일섬단천!

도첨과 흑의인은 한 자가 떨어져 있는 데도 도강은 복면인을 사선으로 갈라버렸다.

하지만 사운평은 상대를 쉽게 제거하고도 표정이 좋지 않았다.

단발의 꿍음이 울렸을 때 그의 위치를 파악한 다른 복면인들이 일제히 달려들고 있었다.

어쩐지 상대가 무리하게 공격한다 싶었더니…….

'제길! 미끼였어!'

설마 자신의 위치를 파악하기 위해서 목숨까지 던질 줄이야!

팔방이 막힌 상황.

사운평은 빙글 몸을 돌리면서 팔방을 향해 삼십육도를 휘둘렀다.

콰아아아아!

찰나에 펼쳐진 도세는 광풍을 일으키며 어둠을 휘감았다.

그러나 공격할 때부터 작정한 듯 복면인들은 죽음을 불사하고 그의 도세 속으로 뛰어들었다.

'이 미친놈들이 진짜!'

쩌저정! 떠덩!

묵광이 감도는 도강은 복면인들의 무기 여섯 자루를 튕겨내고, 결국은 둘의 몸뚱이까지 갈랐다.

그때 기다렸다는 듯 또 다른 복면인 둘이 사운평을 향해 날아들었다.

그들은 사운평이 복면인 둘의 몸을 가르고 주춤한 순간 전력을 다해서 공격했다.

유엽도와 검을 지닌 그들은 패왕위 이대의 삼조장 중 둘이었다.

절정고수인 그들의 공세는 그나마 실낱처럼 남아 있던 퇴로를 완전히 차단하며 사운평을 고립시켰다.

"씨이이이발! 진짜 나 미치는 거 보고 싶단 말이지? 좋아! 어디 한 번 해보자고!"

〈다음 권에 계속〉